那年夏天，妳打來的電話

三秋縋

第1章　打勾勾

夏天每年都會來一次。

只要正常地活著，我們經歷的夏天次數會和年齡相等。能迎來一百個夏天的人並不算太多，就日本人的平均壽命來估算，我們在死前大約會經歷八十次夏天。

我不太清楚「八十」這個數字是多或少。中島敦（註1）說過，要是什麼都不做，人生未免太長；但真要做什麼，卻又未免太短。八十次夏天，對於無法享受夏天的人來說太多，對於能夠享受的人則太少。相信就是這麼回事。

我度過的夏天還不到二十次。這些夏天之中，沒有一次是完全一樣的。每一個夏天各自有著不同的光芒，沒有哪一個比較好、哪一個比較差，就像雲朵的形狀也沒有優劣之分。

我就像玩彈珠遊戲那樣，把手上有的夏天在眼前一字排開，這樣一來便發現其中有兩個夏天的顏色特別不一樣。

一個是一九九四年的夏天，另一個是一九八八年的夏天。前者是我人生中最熱的夏天，後者則是我人生中最冷的夏天。一個有著像是把天空與大海的藍色濃縮而成的深藍

色，另一個則有著琥珀般淡淡的晚霞色。

＊

接下來，我打算談談我人生中最熱的那個夏天。

＊

話說回來，凡事都有所謂的順序，我想還是得先從這個夏天之前的來龍去脈說起。季節從一九九四年的夏天回溯一小段日子，來到同一年的三月二十日。那一天是美渚南國中的畢業典禮。

故事就從這裡開始。

註1：日本小說家，生於一九〇九年，死於一九四二年。

*

我用冷水洗完臉後，照照鏡子檢查傷勢。眼睛上方多一道一公分左右的裂傷，並且滲出了血，除此之外沒有特別醒目的傷痕。

臉的右側有一大片胎記。這不是傷痕，並非最近才出現的，而是從我一出生就有。

我上次照鏡子已是超過一個月前的事，現在總覺得胎記變得比當時還要深。當然，這終究只是我這麼覺得。由於我平常都會避免長時間面對鏡子，偶爾像這樣仔細觀察自己的臉，便會為胎記的存在感震懾住，但相信實際上應該沒有任何改變。

我看著鏡子好一會兒。胎記藍黑得令人毛骨悚然，彷彿只有這一塊皮膚已經死去，既像塗上一層爐灰又像發霉；如果湊得更近去看，也有點像是魚鱗。連我自己都覺得這塊胎記令人很不舒服。

我用制服袖子擦乾弄濕的臉，拿起放在架子上的長筒走出洗手間。或許因為在氨水味很重的地方待久了，總覺得外頭的空氣有種淡淡的香甜。站前廣場上，有幾個學生和我一樣把裝了畢業證書的長筒抱在脅下，並排坐在長椅上，有一句沒一句地聊著。

車站的門一打開，便有一股暖爐的熱氣溫暖地迎接我。我本來打算在這裡等到列車

快要進站，但站內空間原本就狹窄，現在更被參加完畢業典禮而四處玩到很晚的學生們擠得水洩不通，非常吵鬧，讓我覺得很不舒服。我把溫暖和寧靜放在天平上衡量後，決定早一步走向月台。

三月中旬的夜晚還很冷，我想扣起外套的釦子而伸手摸向胸口，發現第二個鈕釦不見了。我不記得有學妹跟我要，多半是在扭打時扯掉的吧。

打架的理由我已經忘了，即使想起也只會對自己感到傻眼。

畢業典禮結束後，我本來和一群朋友在慶祝，但聚在一起的這群人本來就是一群血氣方剛的不良少年，如今還帶了酒精飲料來，實在很不妥。本來只是在聊些沒營養的話題，卻在不知不覺間爭執起來，大打一場四對三的架。四個人那方是求職組，三人這邊則是升學組。

對我們來說打架並不稀奇。不，豈止不稀奇，若回顧過往，就發現我們每次迎來換季的時期，便會像發情期的貓一樣大打出手。說不定我們是透過打架這種方式來揮開各種煩惱，例如鄉下小鎮特有的閉塞感，或是對未來隱約懷抱的不安等等。

這多半會是我們最後一次以這種陣容打架——互毆結束後我忽然想到這一點，因而感到莫名感慨。到頭來，這場架也沒有個明顯的勝敗，而是以兩敗俱傷的形勢收場。

眾人解散前，求職組的四人對升學組的三人破口大罵，尤其是被打得最慘的那一個，還大喊說絕對要給對方好看。這個結局實在非常符合我們的關係，我的國中生活就這麼宣告結束。

當我總算坐上到站的列車，在視野角落見到兩位站在斜前方的車門旁、年紀大概二字頭前半的女性指著我。身材高瘦的那位戴著沒度數的眼鏡，矮胖的那位則戴著口罩。她們以背後說人閒話時特有的音調竊竊私語，相信話題就是我的胎記。這是常有的事，我的胎記就是這麼醒目。

我用腳跟往座椅一踹，用「妳們有什麼意見嗎？」的眼神瞪了她們一眼，兩人便尷尬地撇開目光。四周乘客露出欲言又止的眼神看著我，但終究沒有人說話。

我閉上眼睛隔絕外界資訊。受不了，下個月我就是高中生了，到底打算繼續這種可笑的言行到何時？只是小小看對方不順眼，便動輒想以打架的態度來應對，根本是浪費體力、時間與信用。以後我得漸漸學會忍耐或四兩撥千斤的應對態度才行。

我前幾天收到美渚第一高中寄來的錄取通知單，真不枉費我拚命念書。美渚第一高中是縣內屈指可數的升學高中，我打算在這間高中重新來過。從我之前就讀的美渚南國

中升學到美渚第一高中的人寥寥無幾，也就是說，高中裡幾乎沒有人知道國中時代的我。我若要重新開始，相信這將是個絕佳的機會。

國中三年來，由於我動不動就出手的個性，多次捲入打架與爭端當中。無論打贏還是打輸，我都一定得蒙受某種不利。真是受夠了，我希望從高中起，能度過一段與爭端無緣、低調又平靜的學生生活。

我之所以去考美渚第一高中，是因為覺得一間學校的學力偏差值越高，爭執就越少。雖然學力與人格未必成正比，但有越多東西可以失去的人就會越討厭麻煩，這點應該是肯定的。

根據傳聞，美渚第一高中與其說是高中，還不如說是補習班，功課與預習會壓得學生喘不過氣，沒有閒功夫參加社團或玩樂，根本過不了什麼像樣的青春歲月。但我覺得這樣一點問題都沒有，因為我本來就不認為自己有辦法享受平凡的青春。和班上同學建立良好的關係或是交到很棒的女朋友等等，這樣的生活和我無緣。

只要有這個醜陋的胎記，人們就不會真正接納我。

我輕輕嘆了一口氣。

話說回來，我心想剛才指著我的那兩個女人運氣真好。畢竟對下半張臉沒有自信的

人可以戴口罩，對上半張臉沒有自信的人可以戴眼鏡，但對於右半張臉沒有自信的人卻什麼辦法都沒有，真不公平。

列車發出刺耳的聲響停下，我一下到月台就聞到淡淡的春天夜晚氣息。

一名四十幾歲、頭髮斑白的站務員，站在剪票口前等候。他邊接過我的票，邊不客氣地盯著我臉上的胎記。他似乎是最近才來的站務員，每次我通過剪票口時他都是這個樣子。我本來打算今天一定要說他幾句而停下腳步，但又注意到身後有人等著要通過，於是改變了心意，直接出站。

站前的商店街很冷清，一個人都沒有，只有我的腳步聲迴盪在街上，幾乎所有店家都拉下鐵捲門。並非只有晚上才這樣，這條街的顧客都被兩年前在郊區新蓋好的那棟購物中心搶走了，轉眼間就失去市中心的地位，淪為一條鐵捲門大道。運動用品店、咖啡館、電器行、肉舖、相片館、和服店、銀行、美容院……我邊走邊看著各店舖褪色的招牌，想像鐵捲門後的光景。設置在商店街正中央的人魚石雕已經嚴重風化，憂鬱地望向故鄉。

就在我走過服飾店與和菓子店之間的香菸舖時——

店門前的公共電話突然響起來。

電話鈴聲像是等了我幾十年，在這彷彿命中注定的時機響了。

我停下腳步，看著黑夜中發出淡淡光芒的電話機液晶螢幕。擺著公共電話的電話亭是比較老舊的形式，沒有門也沒有燈。

我本來就知道儘管相當罕見，但的確有人會打電話到公共電話。還記得國小時朋友從公共電話打一一〇惡作劇，結果立刻有回撥的電話打來，讓我們嚇了一跳。我因此好奇地去查資料，才知道每一具公共電話都有電話號碼。

鈴聲一直響個不停，像在主張說「我知道你在那裡」，以堅定的意志死纏爛打地響個不停。

理容院的時鐘指著九點三十八分。

若是平常的我，應該會當作沒聽見而直接走開，但這個公共電話鈴響的情況就是有種不一樣的感覺，讓我覺得「這通電話是要打給我的，不是打給其他人」。我環顧四周，周遭仍然只有我一個人。

我戰戰兢兢地接起電話。

『我有一個提議。』

話筒另一頭的人什麼開場白都沒說，就說了這句話。

是女性的聲音，年紀大概是二十幾或三十幾歲吧。她說話的方式很鎮定，像要把每一個音節都好好說清楚似的。從呼吸聲就聽得出這不是自動語音，話筒另一頭有著活生生的人。她似乎是從室外打電話來，聽得見風聲呼呼作響。

我心想，也許這名女子湊巧知道公共電話的號碼，所以打來嚇嚇行人；也可能是躲起來觀察接電話的人，看他們對這番突兀的發言有什麼反應，以此取樂。

我不回答，靜待對方出招。

結果，女子像講悄悄話似的，輕聲細語地說道：

『你應該有一段放不下的戀情，對吧？』

我嘆了一口氣，心想誰有那個閒功夫奉陪啊，粗暴地掛斷電話後往前走。背後再度響起鈴聲，但我連看都不看一眼。

*

三名高中男生蹲在路上喝著罐裝啤酒，把路堵住了。這種光景在美渚町並不罕見。

這裡說好聽是個海邊的恬靜鄉下小鎮，鎮上開的卻盡是小酒館或居酒屋之類的店家，一處娛樂設施都沒有，所以年輕人全都無聊得要命。這些渴望刺激的傢伙為了省事地排遣無聊，就沾染了菸和酒。不知道是幸還是不幸，這個鎮上偏偏有豐富的管道能讓未成年人買到這些東西。

我不爽繞一大圈過去，所以想從他們旁邊穿過，結果，這時其中一人正好要站起來，我的腳便碰到他的背。他的反應很大，抓住我的肩膀拉住我。我今天已經大打過一場，本來不打算把事情鬧大，但他揶揄我的胎記，讓我怒氣上衝，不由自主地出了手。

但我運氣不好，這個人似乎練過格鬥技，當我知道自己被他打回來的下一瞬間，人已經倒在地上。他們低頭看著我，似乎在罵各種難聽的話，但我意識朦朧，感覺像身在游泳池裡一樣，聽不清楚他們說了什麼。

等我能夠起身時，那三人都已經消失，剩下的只有空啤酒罐。我手撐著膝蓋想要站起來，被打到的眉心冒出一陣像是被人拿插花用的劍山用力壓的疼痛，因而忍不住發出呻吟。

我躺下來，看著夜空好一會兒。雖然看不見星星，但不時可以從雲層的縫隙間看到月亮。我伸手往後面口袋一摸，發現錢包不出所料地不翼而飛，倒是塞在內側口袋裡的

香菸還留著。我從皺巴巴的菸盒拿出彎曲的香菸，用打火機點燃。

我忽然想起初鹿野唯。

從國小四年級到六年級的這三年，我都和她同一班。那時候，每當我像現在一樣跟人打架而受了傷，初鹿野都會設身處地為我擔心。明明身高比我矮了將近二十公分，卻還特地踮起腳尖，輕輕摸著我的頭，開導我說：「不可以再打架了喔。」然後伸出小指，逼我跟她打勾勾。這就是初鹿野的作風。我心不甘情不願地伸出小指打勾勾後，她會心滿意足地露出微笑。雖然我從不曾遵守約定，每次打完勾勾沒幾天就會弄出新的傷，但她仍不厭其煩地試圖說服我。

現在回想起來，那時我周遭的人當中，只有初鹿野有好好把我當成一個人看待。

她是個很漂亮的女生。我和初鹿野都是引人注目的小孩，但引人注目的理由完全相反。我引人注目是因為醜，她引人注目是因為美。

從某種角度來看，在那間大部分小孩都不怎麼起眼的偏鄉國小裡，有個像初鹿野唯這般兼有完美容貌與能力的少女實在很殘忍。很多女生在拍大合照時，都會避免站在初鹿野旁邊；也有很多男生單戀初鹿野，然後又逕自失戀。

初鹿野光是存在，就讓人們放棄許多事物。和她同個班級的小孩，都切身體會到這

世上有著無論如何抗拒都絕對顛覆不了的差距。大多數人都是等上了國中，真正開始投入學業、社團活動或戀愛，才漸漸察覺到這種不合理，但她光是存在，便讓大家在一瞬間明白這個道理。以國小生的年紀而言，當時便知道這個真相未免太早——只是我拜這個胎記所賜，搶先一步知道了。

初鹿野這種有著壓倒性存在感的女孩，竟然和我這樣的男生很熟，一直讓周遭人們覺得不可思議。不管看在誰的眼裡，初鹿野和我都是完全相反的人；但從當事人的眼光來看，我會說無論是我還是初鹿野，即使理由完全相反，但「沒被當人看待」這點卻是一樣的。這種疏離感正是把我和她綁在一起的絲線。

我已不記得我們在一起時曾聊過什麼，感覺應該都是些沒營養的話題。不，或許也沒聊些什麼，大部分的時間只是兩個人一起發呆吧。不可思議的是，和初鹿野獨處時的沉默並不會讓我尷尬，反而像悄悄在確定彼此間的親密，讓我覺得很自在。當她默默眺望遠方時，我會注視她的側臉，怎麼看也看不膩。

只有一次對話我記得清清楚楚。

「我覺得深町同學臉上的胎記很棒。」

那是我針對胎記說了些自嘲的話之後，初鹿野回應我的話。沒錯，記得我不經意地

脫口而出：「真虧妳能和我這種人在一起啊。」然後，她就這麼回答我。

「很棒？」我反問：「怎麼聽都像諷刺啊。妳看清楚，明明就噁心得嚇人吧？」

初鹿野把臉湊過來，近距離仔細觀察我的胎記。

她露出傻子似的正經表情，仔細看了足足幾十秒。

然後，她的嘴唇忽然往我的胎記輕輕一碰。

沒有半點猶豫。

「你嚇了一跳吧？」

她露出慧黠的笑容。

她說得沒錯，我嚇得要死。

當時我完全不知道該怎麼反應才好，初鹿野則是若無其事地轉移話題，也就沒給我機會知道她這般舉動的含意，又或者可能什麼含意都沒有。不管怎麼說，這件事並未導致我們的關係產生變化，之後我們仍是好朋友。

我想她並不是喜歡我，純粹是當時的初鹿野無處釋出善意或親切這類情緒，所以才那麼做。她一旦貿然將這種情緒分享給他人，對方就會反應過度、高興得昏了頭，或是誇張地感謝她，因此她多半是想盡量找個不會有什麼反應的對象來宣洩這種情緒。

初鹿野不知道。她不知道她的一舉一動是如何撼動我的心。
我國小畢業後，和大部分班上同學一樣就讀美渚町內的公立國中。美渚南國中是一間有人會在走廊上騎機車、老師被學生從陽台推落、整間體育館都被人用噴漆塗鴉的學校，如果是正常人去讀，相信要不了兩週便會發瘋，但我本來就不正常，所以沒事。
初鹿野則去念了一間遠地的私立國中女校——參葉國中，那是所謂的貴族女校。我不知道她在那裡度過了一段什麼樣的日子，不曾聽說過她的傳聞也不特別想知道。歸根究柢，我和她本來就不是同一個世界的人。
後來我再也不曾見過初鹿野。
我恍然大悟，心想原來如此。
如果那個打公共電話來的女子說得沒錯，我的確有一段放不下的戀情——
那麼，她指的想必就是初鹿野。

*

我抽完菸，結束這段多愁善感的回想。全身骨頭彷彿要散了，喉嚨有著些微的疼

痛，說不定是感冒了。

我心想，今天真是糟糕的一天。

但我這倒楣的一天尚未結束。

我再度踏上歸途，從一棟正在進行拆除工程的——只是當時是夜間，一個工人都沒有——青年旅館旁邊走過時，意外發生了。

建築物外圍設置了將近兩公尺高的鋼板圍籬。圍籬內傳來一陣嘩啦作響的聲音，聽起來像是某種不祥的預兆。我覺得奇怪，但還是繼續往前走，結果就聽到圍籬內傳來有東西砸下來似的巨響，緊接著一片鋼板猛然往我身上倒來。

人在倒楣的日子就是會倒楣透頂。

我為什麼沒有被壓扁？是誰幫我打了一一九？我在救護車來之前又在做什麼？這些我完全沒有記憶。總之當我醒來時，發現自己人在病房，雙腳都打上石膏固定。過一會兒，一陣讓我想大喊出聲的劇痛湧向全身，視野差點再度轉黑，並且冷汗直流。

窗外聽得見晨間鳥兒清爽的叫聲。

就這樣，我在即將升上高中之際，受了需要十四週才能痊癒的重傷。聽說我的雙腳都是複雜性骨折，醫生來不及等我清醒便把我抬到手術台上，還在腳裡打了鋼釘和鋼

板。後來他們讓我看了X光片，我骨折得非常徹底，徹底得甚至可以放到教科書上。醫生說我沒有生命危險，也不用擔心後遺症，但這次意外使我的高中生活起步大大延遲。

我心想，也罷，我受傷住院並不稀奇。雖然我最快要六月底才能上學，到時候班上的人際關係應該已幾乎固定下來，但我本來就不打算在高中好好交朋友，所以這不是什麼問題。而且換個角度想，待在病房也許會比待在教室裡更能專心念書。

實際上也是如此，我這三個月內認真得要命，邊用隨身聽聽喜歡的音樂，邊反覆看教科書，累了就果斷去睡，不取巧地一直過著這樣的生活。病房白得彷彿極簡藝術的展場，窗外也沒什麼值得一看的東西，相較之下教科書上的算式與英文還比較刺激。

對於凡事都喜歡照自己步調進行的我而言，病房從某種角度來看是非常理想的念書環境，想來要比在學校忍著睡意拚命抄寫黑板上的文字或算式要來得有效率許多。

五月底，同一間病房裡多了一個左手骨折、年紀大約在六字頭後半、姓「羽柴」的男子。他似乎頗欣賞默默念書的我，每次見到我都把一張臉笑得皺巴巴的，還對我說：「有什麼不懂的地方儘管問我。」我在英文文法方面有很多地方不太明白，也就問了他幾次，結果發現羽柴先生的講解非常淺顯易懂，一般補習班講師根本沒得比。一問之下，他說他本來在當老師，床邊還堆了好幾本厚重的英文書。

一個雨天的午後，羽柴先生不經意地問我說：

「對你來說，你臉上的胎記是什麼樣的東西？」

這是第一次有人從這樣的角度發問，所以我花了相當多時間才想到答案。

「應該是萬惡的根源吧。」我說，「我認為只要這個胎記消失，我現在懷抱的問題有八成都能解決。雖然遭人歧視或他人覺得我噁心都是問題，但最重要的問題是，這個胎記害我沒辦法喜歡自己。人沒有辦法為了不喜歡的對象努力，無法喜歡自己也就導致我沒辦法為自己努力。」

「唔。」羽柴先生應了一聲。

「相對的，我又覺得自己是把所有責任都推給這個胎記，好讓自己不用去看那些不想看的東西。也許我把很多可以靠努力解決的問題，都推給胎記來蒙混過去……不論如何，這個胎記帶給我的都是不良影響，這點絕對錯不了。」

羽柴先生點點頭說：「原來如此。還有呢？」

「就只有這樣，根本沒什麼好處。我不認為自卑感可以讓人成長，多半只會導致人的個性偏差。雖然也有人能化自卑感為動力而成功，可是這些人在獲得成功後，也一樣會繼續為自卑所苦。」

「你說得有道理。」羽柴先生說。「可是，我看著你就不會這麼想，而會覺得某種嚴重的缺點確實可以將人培養成一個思慮周延的人。雖然這得限定在敢正視自己缺點的人身上就是了。」

「應該不是思慮周延，而是個性乖僻吧？」

「這也沒有錯。」

羽柴先生笑得一張臉皺巴巴的。

他出院前送給我一本書，是查理・布考斯基的《Ham on Rye》原文書（註2）。後來我開始一手拿著字典，每天看五頁。

結果我的高中生活從七月上旬才開始，正值學生們都從期末考的沉重壓力中解放，為了暑假的腳步漸漸接近而雀躍的時期。

以高中生身分度過的夏天，有不少人稱之為人生中最美好的時光。但夏天發出的光芒，是建立在從春天累積起來的基礎上。從只有消毒水味與白色牆壁的世界突然被拋進

註2：Charles Bukowski，德裔美國詩人、小說家，被譽為「美國下層階級的桂冠詩人」。《Ham on Rye》是他的半自傳性小說。

夏天當中的我，宛如混進陌生人的生日宴會，感覺自己格格不入。

我跟得上這個世界嗎？

出院的星期天夜晚，我來到鎮外的海岸。我是在晚上十點左右鑽進被窩，但總覺得格外清醒，於是抓住手杖，走後門從家裡溜了出來。看來我對於翌日早晨就要開始的高中生活，也有著正常人會有的緊張。

我在途中繞去一家商店，在自動販賣機買了香菸。一來到海邊，我就坐在防波堤上，看著上弦月微微照亮的海面看了快要一個小時。我已經很久沒有看海，但沒有什麼重大的發現，頂多只覺得海潮的氣味比平常強一些。

回家的路上，我走在鴉雀無聲的住宅區，聽到遠方傳來微微的電話鈴聲。

起初我以為鈴聲來自民宅裡。

但隨著我的腳步前進，鈴聲越來越響亮。

我在公車站牌旁邊的電話亭前停下腳步。

鈴聲就是從這裡發出來的。

以前也曾經有過類似的情形。

當時我認為是有人惡作劇，並未放在心上。

但是，自從我接了那通電話，隨著日子一天天過去，那名女子說的話在我心中的分量變得越來越重。

你應該有一段放不下的戀情。

那真的是惡作劇電話嗎？

如果不是，那名女子是想對我說什麼？

——現在回想起來，總覺得我在那之後一直在等她的電話。

我拿起話筒，聽到那個熟悉的女子嗓音。

『看來你終於知道這不是惡作劇了。』

我對三個月前的問題做出回答。「好吧，我有一段放不下的戀情。」

『是啊，就是這樣。』女子說得心滿意足。『就是初鹿野唯同學。你還無法徹底對她死心。』

即使聽她說出初鹿野的名字，我也不怎麼驚訝，畢竟她都能找出我的所在地而打公

共電話來找我，就算知道我的初戀對象也沒那麼不可思議。

「那麼，上次妳說的『提議』是什麼？」我問。

『喔？』女子的口氣顯得佩服。『都已是三個月前的事，虧你還記得這麼清楚。』

「只是湊巧記得。」

『也罷，我就當作是這麼一回事吧。那麼，上次我沒機會說的提議就是……要不要來打個賭？』

「打賭？」我回問。

『深町同學。』她很自然地叫出我的姓氏。『十歲那年夏天，你喜歡上初鹿野同學。對於已徹底習慣各種偏見的你而言，完全不把胎記放在心上、對等看待你的初鹿野同學，簡直就是女神。你應該不只有一、兩次，想將她占為己有。』

女子說到這裡停頓了一會兒。

『……但對當時的你而言，初鹿野同學實在太遙遠。你心想「我沒有資格喜歡她」，用這種想法壓抑自己對初鹿野同學的感情。』

我不否認，催她說下去：「然後呢？」

『你雖然想著「我沒有資格喜歡她」，同時卻又有另一種想法：「要不是有這個胎

記，也許我和初鹿野的關係會不太一樣。」』

「對，我想過。」我坦白承認。看來果然連我的胎記都瞞不過她。「可是，不管是誰都有過類似的想法吧，例如覺得要是身高再高一點就好了、眼睛再大一點就好了、牙齒再整齊一點就好了。不會這麼想才奇怪。」

『那麼，我就實際去掉你的胎記試試看吧。』女子打斷我的話。『如果你能夠因此得到初鹿野同學的心，這場賭局就是你贏，胎記會永遠從你臉上消失。相反的，如果初鹿野同學的心意沒有改變，這場賭局就算我贏。』

我按住眉心，閉上眼瞼。

這女人到底在說什麼？

「這胎記不會消失。」我說得很氣憤。「過去我也接受過各式各樣的治療，但都完全沒有效果。這是一種很特殊的胎記。所以，這賭注不成立。而且我從國小畢業和初鹿野分開以後，已經三年沒見到她，我連她現在過著什麼樣的日子都不知道。」

『那麼，等到胎記消失，你也偶然和初鹿野同學重逢時，就視為你接受了這場賭局，這樣可以吧？』

「好。雖然那也要這種奇蹟真的發生才行。」

女子哼笑了幾聲。『那麼期限……就給你五十天吧。再過幾個小時便是七月十三日，如果以這一天做為賭局開始的日子，期限就是到八月三十一日。請你在期限之內，和初鹿野同學發展出兩情相悅的關係。』

電話唐突地掛斷，我在公共電話前面呆站良久。

我想到凡事也許真有個萬一，把臉湊向停在路燈下的汽車後照鏡仔細觀看，但胎記依然留在我臉上，也沒有任何變淡或是縮小的跡象。

那果然只是惡作劇。多半是有個熟知我過去的人，以異常的熱忱與講究到病態的手法，想玩弄我的心情。雖然這個說法有點令人難以置信，但除此之外別無其他解釋。畢竟跟我有仇的人多得是，而且在這個缺乏刺激的情形已經嚴重到不是「無聊」二字可以形容的鎮上，會為了短暫的興奮而做出超脫常軌舉動的年輕人也不在少數。大家就是閒得沒事做。就算有人只是為了嘲笑我而查出整個小鎮的公共電話號碼，也不是多麼奇怪的事。

我嘆一口氣，手撐在膝蓋上。或許是住院的這段日子裡體力變差，我覺得疲勞忽然湧向全身。

我對頗為沮喪的自己嚇了一跳，並且為時已晚地對特地照鏡子查看的自己感到自我

厭惡。

原來我還沒能死心嗎？

我回到家，先沖了個熱水澡後再次鑽進被窩。枕邊的鬧鐘顯示為凌晨三點。照這樣看來，我大概會從第一天上學就開始打瞌睡。

我閉上眼睛，等待意識盡快中斷。偏偏在這種時候，鬧鐘秒針走動的聲響宛如節拍器般強烈地主張自我存在感，而我的呼吸也像是要和秒針同步似地漸漸加速。我伸手挪動鬧鐘的角度，但沒有效果。儘管窗戶全開，房間裡卻異常悶熱，讓我越來越渴。

等我好不容易睡著時，天空已泛起魚肚白，早晨的鳥兒與暮蟬都開始鳴叫。

睡眠只有短短幾十分鐘，但我的人生就在這段微乎其微的空白意識當中，產生重大的改變。

奇蹟就是會避開人們的耳目，悄悄發生。

第2章　泡影般的夏天

鏡子照出來的未必就是真相。人照鏡子看自己的臉時，光線會先在鏡子上反射，接著在角膜經過一次折射，通過瞳孔後在水晶體內再度折射，然後才投影到視網膜上，轉換成神經訊號，傳達到大腦的視覺中樞。但這些訊號在送進意識之前，卻會被一種叫做「自戀」的強力濾鏡給扭曲。

嚴格說來，這個世界上根本不存在能客觀看待自己的人。人的眼睛只會看到自己想看的部分，然後根據這些部分建構出對自己有利的全景。人面對鏡子時，會在無意識中維持能讓自己照起來最美的角度與表情，注意力還會集中在自己臉上最有自信的部分。說「我拍照不好看」而排斥照相的人當中，過半數都只是把和鏡子共謀打造出來的最佳畫面當成自己，而無法接受自己原原本本的模樣。至少我是這麼認為的。

大多數人在達到通達事理的年齡之前，都不會發現這個濾鏡存在。不幸的人——從某個角度來看則是非常幸運的人——則是一輩子都不會發現。小時候每個人都是公主、每個人都是王子，做夢也不會想到自己竟然不是灰姑娘，而是她的姊姊。但隨著年紀增長，會漸漸感覺到自我認知與他人評價之間有著落差，讓人們不得不慢慢修正認知中的

自己：我不是公主，我不是王子。

我察覺到這點，是在國小四年級的初夏，為了決定九月教學成果發表會上要演什麼戲而進行討論的時候。在這之前，我只把臉上的胎記當成大了點的痣，即使班上同學拿胎記取笑我，我也覺得這就和戴眼鏡或身材肥胖沒什麼兩樣，並未當成什麼嚴重的事；即使有人幫我取了跟外貌有關的綽號，我也不怎麼厭惡，反而覺得這證明我和他們之間什麼話都能說，還因此高興。

導火線是一個男生的發言。

「《歌劇魅影》怎麼樣？」

他舉手發言，然後指了指我。

「看，陽介超適合演那齣戲裡的歌劇院怪人。」

幾天前的音樂課上，我們看了三十分鐘的《歌劇魅影》。這齣音樂劇裡，歌劇院的怪人為了遮住醜陋的臉而戴著遮住右半張臉的面具。他應該是看到那個樣子，才會聯想到我的胎記。

相信他只是想開個小玩笑，實際上也有幾個人小聲竊笑，我自己同樣佩服地心想：「原來如此。」

然而，當時公認個性溫和、年紀三字頭後半的級任導師，聽了這個男生的玩笑話卻當場震怒。他用力拍桌子，用顫抖的嗓音說：「有些話可以說，有些話不能說，你連這都不懂嗎？」甚至揪起這名開玩笑的學生的衣領，讓他站在講台上，對他大聲訓話。訓話一直持續到宣告營養午餐時間開始的鐘聲響起，那名同學被罵得哭紅了雙眼，教室裡的氣氛極為沉重。本來發表會的準備時間應該非常開心，結果卻弄得似乎是我讓這種氣氛全毀了。

我在只聽得見餐具碰撞聲的教室裡明白了：啊啊，原來我臉上的胎記不是能一笑置之的事，而是足以讓大人真心感到同情的致命缺憾。我所懷抱的缺陷，和肥胖、戴眼鏡或有雀斑之類有著可愛一面的缺陷，根本不在同一個次元。我是個「可憐」的人。

從這一天起，我變得異常在意別人的眼光。一旦開始在乎，就發現注意我臉上胎記的人比我想像得更多。這有可能是我想太多，也有可能是級任導師那充滿正義感的發言成了導火線，將許多同學對我臉上胎記的認知轉往壞的方向。不管怎麼說，此後我對自己臉上的胎記厭惡得不得了。

我在圖書館查過消除胎記的方法，但我臉上胎記發生的原因，似乎和太田母斑或異位性蒙古斑這種常見的先天性胎記不一樣，事實上等於無法治療。雖然聽說也有自然痊

癒的案例，但那些奇蹟全都是發生在比我淡得多的胎記上。

小時候媽媽帶我去過各式各樣的醫院，但全都徒勞無功。之後的幾年來，我的胎記都不曾在家族間變成討論的話題。但看到我在十歲的初夏，突然熱心地查起自己的胎記，母親再度帶我去各式各樣的醫院。我還清楚記得無論哪一家醫院都放著大同小異的音樂盒音樂，候診室裡的人全都有著一眼就看得出來的皮膚問題，而且每個人似乎都各自在找症狀比自己嚴重的病患，從中得到小小的安慰。

我在皮膚科得知許多人的問題更嚴重，但這也未能安慰我，反而讓我因知道世上存在許多沒天理的疾病而厭煩。我的情況的確不是最糟，但以後未必不會變得更糟。

隨著視線恐懼症惡化，我的舉止也變得越來越可疑，讓周遭人們更加當我是個異類，而這又導致我更加害怕別人的視線——這種惡性循環持續下去，很快的我即使去上學也幾乎不再和任何人說話。我困在大家都認為我很噁心的被害妄想當中，無論多麼可親的微笑亦無法相信。

有一天晚上，我因為一股原因不詳的寒氣而醒來。沒有感冒的跡象，室溫也在二十度以上，但就是有股無法忍受的惡寒襲向我。我趕緊從櫃子裡拿出羽絨被蓋在毛毯上，

再度鑽進被窩裡。

寒氣到了隔天早上仍未消散，由於實在太冷，我請假不去上小學，再隔一天則在不得已之下穿著寒冬用的外套去上學。母親懷疑我是自律神經失調，帶我去各式各樣的醫院看診，但醫師並未提出比「暫時不去上學」更好的解決方案。所幸除了寒氣以外，我沒有什麼明顯的症狀，只要穿得夠保暖，就不會妨礙到日常生活。

我這一年的暑假就這麼搶先一步來臨了。

那是個冷得像是結了冰的夏天。夏蟬齊聲鳴叫，我卻裹著厚實的棉被，喝著熱騰騰的茶；到晚上更煮了大量熱水，抱著熱水袋發著抖睡覺。雙親一出門工作，我就會悄悄溜到庭院，呼吸外面的空氣，但看到我大熱天還穿著兩件外衣的模樣，相信左鄰右舍都覺得我有問題。

母親知道我自律神經失調的症狀出自精神壓力，也就是起因於胎記，所以不會問我學校方面的事情。

「沒關係啦，你就好好休息吧。」她只是這麼說。「不用覺得要趕快治好，反而應該要想想有什麼方法可以和這種寒冷的感覺共處。」

如果這種症狀持續到冬天，我會變成怎樣呢？連在超過三十度的夏天都覺得酷寒，

到了氣溫降到冰點以下的那天，或許我會凍死吧；也說不定反而會熱得受不了，脫光衣服在大雪中跑來跑去。

但讓我知道這個答案的機會並未來臨。我請假不去上學後過了二十天左右，這股惡寒宛如沒發生過似地消失了。

我只能說，一切都是拜初鹿野所賜。

*

高中生活的第一天是從大晴天開始。我穿上純白的夏季制服，雙腳伸進新買的樂福鞋，打開門一看，蓄積在柏油路上的熱氣頓時籠罩住我。似乎是有附近的老年人在玄關前灑水，濕漉漉的全黑路面閃閃發光。電線桿與樹木在地面留下清晰的影子，空地上長得很高的蜂斗菜讓四周飄散著一股青草氣味。

五感接收到的資訊太多，讓我感到一陣輕微的暈眩。我今年就要滿十六歲，但夏天的開端仍讓我覺得那麼新鮮。我想自己今後也不會習慣。

夏天這個季節帶來了過剩的生氣。太陽發出非比尋常的能量，雲雨毫不吝惜地將生

命泉源散播到地上，草木像怪物似地生長，昆蟲發瘋似地嚷個不停，人類因熱得昏頭而跳起舞來。但這些過剩的生氣，同時卻讓人聯想到過剩的死亡。鬼故事之所以會成為夏日風情畫，不只是因為鬼故事可以讓人忘記炎熱，多半是人們暗自明白，火焰燒得越旺就越快燒完；過剩的生氣是透過預支能量而來的，之後一定得要還清這筆債。

不管怎麼說，這些過剩的生與死都太過龐大，令人無法記住到下一個夏天來臨，因而也就在不知不覺間加以矮化。所以，人們才會每年都被嚇一跳，驚奇地發現夏天原來是這麼強烈的季節。

我似乎估計有誤，明明預留時間提早出家門，但等我抵達車站時，列車已經快要進站。站內的乘客全都已去了月台，還聽到列車煞車的聲響。

我拿月票給站務員看，通過剪票口後，聽到身後傳來一個開朗的嗓音對我說：「請慢走。」回頭一看，才注意到說話的人就是平常會凝視我臉上胎記的那位站務員。

我雖然覺得不太對勁，但還是上了列車。車廂內充滿摻雜汗味與菸味的臭味，讓我一大早就覺得無比厭煩。

我環顧四周想找個空位，看到兩名靠在斜對面牆上、穿著別校制服的女生當中的一

個指著我。我邊嘆氣地心想，她多半是在笑我的胎記，邊從正面瞪了她一眼，結果對方似乎有什麼誤會，生硬地撇開目光，嘴角還露出靦腆的笑容。

很少有人對我露出這樣的反應，因而打亂我的步調。剛才站務員對我打招呼的舉動也是，難道是世人在我住院的期間變得比以前溫柔嗎？我搖搖頭心想，不可能。也許大家都是為了夏天將要正式來臨而昏了頭。

我搭了三站後下車，混在穿著同款制服的人群中，走過距離高中約有三十分鐘的路程。附近似乎有國小，沿途我和很多國小生擦身而過，其中三分之一看到我的臉，都很有精神地對我道早安。我感到尷尬之餘，還是對他們回道早安。

離開車站後直線前進一會兒，在平交道更過去的一處巷道錯綜複雜的住宅區中，我看到了美渚第一高中。雖然我馬上就找到建築物，但校門卻小得幾乎令人誤以為是後門，第一次來到這所高中的人，都會為了尋找正門而沿著校地周圍那生鏽的圍籬走上好幾圈吧。

整體都有點髒汙的四層樓校舍前方，掛著三條直式布條，上頭寫著幾個不怎麼起眼的社團爭取到的不起眼成績。不會淋到雨的屋簷內側髒得不得了，從正下方抬頭看去的

寒酸感更是超乎想像。雖然我只來過這裡兩次，但這間高中肯定與「華麗」二字相差十萬八千里。

當我差不多走到車站與學校的中間時，瞥見視野角落有奇怪的動靜。我停下腳步轉身一看，和低矮的道路反射鏡中照出的自己四目相對。原來那看起來像是在動的東西，似乎是鏡子裡的我。

我正要再度前進時，有東西留住我的腳步。

那是一種強烈不對勁的感覺。

我停下腳步，將注意力掃向全身。我先是檢查服裝：制服穿得很整齊，上衣鈕釦沒有扣錯一格，褲子並未穿反，腰帶也繫得很牢。

但我還是再度轉身，仔細看著鏡子。

還是有東西不對勁。

我停下動作，尋找這種不對勁的感覺從何而來。

不用說也知道，這種感覺來自我鏡中的模樣。

我也不怕手弄髒，用力擦了擦滿是塵埃的鏡面後，再度和鏡子裡的自己四目相對。

然後，我懂了。

鏡子照出的人物跟我很像，但不是我。

鏡中的影像缺乏構成我這個人所需的一個決定性因素。

可是，我心中有一個角落對這陌生的模樣感到懷念。

因為，那是我不知道在腦海中描繪過多少次「如果我長成這樣該有多好」的理想中的自己。

我臉上的巨大胎記，彷彿被沖洗掉似的，消失得無影無蹤。

周遭所有聲響與風景都在一瞬間遠去，我陷入深深的混亂當中。

有個男子從背後撞上我，讓我差點跌倒。我聽見對方道歉，但根本沒有心思去想這些。男子見我不理他，只是一直看著鏡子，便露出狐疑的表情離開了。

我戰戰兢兢地從各個角度觀察原先胎記所在的位置，確定不是因為光線的角度或鏡子模糊而產生的錯覺。

我心想，不知道有沒有什麼保證準確的方法，可以分辨此時此地是夢境還是現實。

夢到自己願望成真的情形絕對不算少見。許多夢境都是以人們的不安與願望交織而成的

潛在意識為基底，例如克服自卑感的夢就是最典型的案例。在空歡喜一場之前，我必須先弄清楚當下所見的光景到底是不是現實。

我試著閉上眼睛十秒鐘。只要在夢中閉上眼睛或摀住耳朵來隔絕外界資訊，通常夢境就會中斷。這是常見的情況，不只有我是如此。每當我做了惡夢，而且察覺到自己是在做夢時，我都會採用這個方法。

但即使經過十秒、二十秒、三十秒，狀況仍未改變，意識依然極為清晰。

我睜開眼睛，再度看向鏡子。鏡中照出的仍是沒有胎記的我。

這不是夢——我暫時只能這麼想。

我再度自問：那麼，這是怎麼回事？

發生了什麼事？

我拚命思索，但仍想不出任何像樣的假設。原因絕非只是睡眠不足，我內心深處很清楚——也就是說，我知道除非對思考的前提做出重大變更，否則無論我怎麼煩惱都想不出答案。只要我不相信某件離譜的事，無論我怎麼絞盡腦汁，都只會在原地打轉。

但我還無法肯定那件事。在聽到當事人親口說出來之前，我不能做出結論。

我滿心想去個有公共電話的地方，但我對學校附近的環境不熟，不知道要去哪裡才

找得到公共電話。話說回來，校內總不會連一具公共電話都沒有，也許乖乖去學校才是最好的辦法。不管怎麼說，我都不能呆站在人來人往的路上不動。四周已經沒有人影，要是再不離開這裡，我就要趕不及上課的時間。

儘管心中還放不下，但我仍從道路反射鏡上移開視線，走向從住宅間露出一部分身影的校舍。

明明是第一天上學，我卻沒有心思去想學校的事。我在充滿即溶咖啡氣味的教職員辦公室裡聽級任導師交代時，也一樣心不在焉。偏偏在這種時候，對方卻以過度熱心的口氣提出各式各樣的建議，例如「這個時期才要加入班上一定會很辛苦，但是大家人都很好，只要你誠懇待人一定會順利」，或是「如果不在暑假開始前先跟大家打成一片，往後可是會很累人」等等。

級任導師是個年紀三字頭後半、看起來很務實的男老師，抹髮油的頭髮十分油亮。他姓笠井。我們開始談話過了約五分鐘，一名體格壯碩的老師走過來在他耳邊悄悄說了幾句話，笠井便露出一副掃興的表情，吩咐我在原地等一下，然後就走出辦公室。

笠井離開後，我未跟任何人說一聲便離開辦公室，走進教職員用的洗手間。我想檢

查胎記是否仍然消失，滿心只掛念著胎記會不會在我一個不注意時便恢復原狀。畢竟一個東西消失得越容易，也就越容易恢復。

當然，結果證明這只是我杞人憂天，胎記仍然不見蹤影。我往後一倒，背靠到牆上，就這麼一直看著鏡子。

我已經好幾年沒有直盯著自己的臉看。

我事不關己地心想，這張臉也沒那麼糟糕嘛。

然後，我一步也離不開鏡子前，應該是有了一種強迫症，覺得哪怕只是多看一秒，也要盡可能將這幅光景烙印在視網膜上。我害怕一旦撇開目光，胎記就會跑回來；擔心如果不像這樣一直照著鏡子，先習慣「沒有胎記的自己」，腦子就會去修正和現有的自我認知不一致的身體，重新製造出胎記。這樣的不安始終無法離開我的腦袋。

當笠井打開洗手間的門叫我時，說不定只過了短短幾分鐘，也說不定過了二十分鐘以上。「喂，深町。」我聽到他叫我，才總算回過神來。「原來你跑來這種地方啊？我知道第一天上學會緊張，不過你突然跑掉讓我很為難啊。」

別說緊張了，我連接下來要見的那些人都沒放在心上，但也不想特地解釋。我為擅自離開一事道歉，笠井說：「不要把事情想得太難，總會有辦法的。」還激勵地拍拍我

的肩膀。

我不記得被老師叫上講台之後，在自我介紹時說了些什麼，多半只是挑了些似曾相識的話來撐過場面。我滿腦子都是消失的胎記，根本沒有心思去想這些。從導師笠井苦澀的表情看來，我的自我介紹多半非常無味，總覺得教室裡的學生們也在竊竊私語。

我給同學們的第一印象糟透了。但話說回來，我本來就不指望能和這個班級打成一片。即使因此被大家討厭，我也不在乎。

看來胎記消失並不是我的幻覺。第一次看到我臉上胎記的人，幾乎都會凝視好幾秒，又或者是撇開視線，再也不和我對看，但這次沒有一個學生做出這樣的反應，相信他們大概只當我是個冷漠的男生。

做完簡單的自我介紹，形式化的掌聲響起後，笠井指了指最後面的空位，要我坐在那裡。只有靠窗的兩排課桌椅是七人，其他五排都各是六人，我的座位就是在僅有兩套課桌椅的最後一橫列其中之一。

我走向座位的途中，感受到和平常不同種類的視線。我不確定這單純是對晚了三個月才出現的同班同學這種特殊人物投來的好奇視線，還是對一個連自我介紹都做不好的

人投來的責難眼神。

平淡地宣布完聯絡事項後，早上的班會時間結束，笠井前腳剛走，第一堂課的老師就踏進教室，很快地開始上課。這位年紀二字頭後半、頭髮以女性來說算短的英文老師，對於直到這個時節才首次出現在教室的新面孔，似乎根本不放在心上。我也沒怎麼把課堂內容聽進去，一直看著純白的筆記本思索胎記的事。圍繞在自行車停車場四周的樹木傳來蟬鳴聲。周圍的同學們一律以正經的表情聽課，若有不懂的地方就會露出心神不寧的表情，而把不懂的地方搞懂後就會露出高興的表情，和我國中班上那些傢伙大不相同。

一堂課轉眼間便結束，來到下課時間。受到幾名好奇的同學包圍追問的情形並未發生，我也不找人說話，只是獨自發呆。有幾個人不經意地偷看我幾眼，但也就只有這樣。教室裡的同學有一半和朋友聚在一起聊天，剩下的一半則翻開筆記本或參考書。我很想去找公共電話，但要在不熟悉的校舍內尋找，十分鐘多半是不夠的，我只得無可奈何地等待午休時間來臨。

我不知該往哪看才好，於是望向右前方的空位。這個座位的主人似乎缺席，書桌抽屜裡空空如也。椅背上用油性筆寫著「1836」。這是什麼數字？不可能是座號吧？

宣告下課時間結束的鐘聲響起，走動的學生們都趕緊回到座位上。不知道是因為昨天睡眠不足，還是精神為早上發生的奇妙現象耗損過度，第二堂課開始沒多久，就有一股像是吸了水的毯子般沉甸甸的睡意湧向我。我告訴自己不能第一天上學就打瞌睡，捏住眉心拚命抗拒睡意，但短短幾分鐘內，眼瞼就闔了起來。

這段睡眠大約只維持二十分鐘左右，我卻做了個格外清晰的夢。那是有關胎記消失的夢。我在洗手間洗完臉後抬起視線，在鏡子照出的臉上發現了胎記，垂頭喪氣地心想：「啊啊，那果然是一場夢。」

夢裡的我沮喪之餘，心中卻也多少鬆一口氣。這是否表示無論是多麼厭惡的缺點，人對於長年屬於自己的事物，總是會產生眷戀？又或者是少了最大的缺陷後，導致我再也不能找任何藉口而被這股沉重的壓力壓得喘不過氣來，如今擺脫了這種壓力才會鬆一口氣呢？

手臂被戳的感覺讓我清醒過來。我花了一些時間，才理解這裡既不是病房，也不是我的房間，而是教室。也就是說，叫醒我的人既不是護士，也不是爸媽。

我朝右側看去，叫醒我的是隔壁座位的女生，她對我這個從第一天上學的上午就打起瞌睡的不像樣學生露出傻眼似的表情。我想知道自己大概睡了多久，坐起上身看看牆

上的時鐘，發現第二堂課就要結束了，她叫醒我多半是為了讓我趕上下課前的起立敬禮吧。我輕輕低頭對她表示感謝，但對方的注意力早已移到黑板上，看起來也像是露骨地不理我，也許她是在表示：「我不接受你的感謝。」想來她叫醒我並不是純粹出於善意，而是防患未然，避免讓我被老師罵而導致整間教室的氣氛變得尷尬。

我沒有移開視線，繼續觀察她的側臉。一頭垂到胸前的黑髮披在形狀漂亮的耳朵上，清爽的臉部輪廓與苗條的頸子露了出來。乍看之下不起眼，但仔細一看會發現她的臉孔清秀得令人讚嘆。美渚第一高中規定的水手服，穿在她身上顯得再好看不過。她瞪著黑板的表情認真得滑稽，給人一種頑固而不知變通的感覺。也不知道她是不是學了茶道還是什麼才藝，姿勢顯得異常端正，但她坐著的高度卻又比周圍女生要矮。

說穿了，她就是和我這種壞孩子最無緣的那類型女生，相信就連對筷子的拿法也會意見不合。

課上完了。上課時做的夢害我心神不寧，我起身想去洗手間，照鏡子查看胎記在不在，但先前叫醒我的隔壁女生對我說了聲：「請問一下。」

起初我沒注意到她是在跟我說話。如果扣掉初鹿野不算，過去曾主動找我說話的，只有那些和我一樣受到社會或集團排擠的人，都不是什麼好東西，我做夢也沒想到像她

這種多半已經贏得同學和老師信任的學生會向我搭話。

「你的傷已經好了嗎？」

隔壁女生這麼問，態度自然得像是和老朋友說話。

我在這段本來只當成雜音的一部分而處理掉的說話聲中，發現某個和我關連性很強的字眼，趕緊在腦海中重新播放一整句話，然後想到這句話是針對我而說的可能性，這才戰戰兢兢地轉頭望向聲音傳來的方向。

我們視線交會。

「妳該不會……是在跟我說話吧？」我問。

「是啊。」她深深點頭。「會妨礙到你嗎？」

「不會，不是這樣。只是……那個……」我說得吞吞吐吐。「我沒想到像妳這樣的女生，在第一次見面時就會跟我說話。」

聽我這麼說，她思考了幾秒鐘後露出似乎有點被刺傷的笑容。

「我看起來對別人那麼沒興趣嗎？」

「不，我不是那個意思。」

「那麼是什麼意思？」

「該怎麼說……我以為妳討厭我。」

她面不改色地歪了歪頭問：「為什麼？對一個連話都沒說過的人，哪有什麼喜歡或討厭？」

「那麼，妳以後就會討厭我了。」

她沉默了幾秒鐘，像是在推敲這句話的真意，然後瞇起眼睛嘻嘻笑了幾聲，看樣子是認為我一臉正經地在說笑。

「你的姿態放好低喔。」她說。「還是說，你不習慣被人喜歡？」

「這我也不知道，因為我不曾有過被人喜歡的經驗。」

「這樣啊？」

她遮著嘴，很有氣質地微笑。看樣子這也被她誤以為是玩笑話。

「我沒說謊，我真的沒有被人喜歡上的經驗。」

「好好好，我明白。」

她露出絲毫不相信的模樣點點頭。

我按捺住不耐煩，微微嘆一口氣。「那我問妳，妳很習慣被人喜歡嗎？」

「不知道，因為我沒有這種經驗。」

隔壁的女生以得意的表情這麼說。這當然肯定是謊話。她豈止不會是沒經驗，甚至每次搭電車或公車就讓好幾個人對她一見鍾情也不奇怪。

我傻眼地接不下話時，她從書包裡拿出一張長方形的和紙放到我桌上。

「這是？」我問。

「許願掛籤。」她邊用指尖捏著自己的掛籤甩啊甩的，邊回答我。「就放在走廊上。我多拿了一張備用，這張給你吧。」

「喔，許願掛籤啊。但陽曆的七夕在一週前就結束了，陰曆的又還太早吧？」

「看在織女和牛郎眼裡，一週或一個月的時間，根本短得像是誤差。」

「是嗎？」

「就是這樣。既然我們都沒有被人喜歡的經驗，就對織女和牛郎許願，祈求有人喜歡上我們吧。」

我看著這張淡藍色的掛籤好一會兒後還給她。

「用不著，妳儘管連我的份一起用吧。」

「我說你啊，我也不認為織女和牛郎會實現我的願望。」她拿著筆，眼睛看著空中這麼說。「可是，這是個好機會，可以讓人想清楚自己在追求什麼。無論多麼幸運，不

懂得自己渴望什麼的人，不管經過多久都得不到自己想要的東西。所謂求神，就是為了讓人知道自己該實現什麼願望。」

「不，我不是討厭求神。說老實話，我才剛實現一個願望。我長年來一直渴望的夢想，就在幾個小時前實現了。總覺得自己要是還想得到更多，必定會遭天譴。」

「是喔，恭喜你。」她放下筆，小聲鼓掌。「真是太令人羨慕了……你的願望是傷勢痊癒，還是上高中？」

「都不是，是更個人的願望。」

「原來如此，看來我最好別問得太深入呢。」

「妳願意不問，那真是幫了我大忙。」

「那麼，」她指了指我手邊的掛籤。「請你為我祈求吧。」

「祈求什麼？」我問。

她說，祈求自由。

「請你為我的自由祈求。」

這次輪到我推敲她這句話的真意。她平靜的笑容中，保有我可以認為這是沒有意義的玩笑話的餘裕，嗓音卻又帶著些許迫切。

「我知道了。」

我只說了這句話，點點頭握住筆，然後問她：

「對了，妳叫什麼名字？」

「千草，荻上千草。」她讓視線落到掛籤上這麼說。「而你是深町陽介。」

「嗯，我知道。」我說。

下一堂課的下課時間裡，我們又天南地北地閒聊。根據千草告訴我的情形，所幸沒有哪一科的進度超過我自習的範圍。

一到午休時間，我就率先走出教室，跑進洗手間，照鏡子再三檢查，確定臉上沒有變化。然後我撥開擠滿走廊與樓梯的人潮，來到一樓尋找公共電話。在辦公室前一台商品品項很少的自動販賣機旁，就有我要找的東西。

接下來才是問題。我沒有任何手段可以主動聯絡她。我原以為只要待在聽得見電話鈴響的位置，她就會聯絡我，但偏偏在這種時候，公共電話就像是死了似地保持沉默。

我在對面的飲水區坐下，擦了擦額頭冒出的薄薄一層汗水。窗戶旁有幾隻蟬競相鳴叫，自動販賣機前有學生先後走來，各自買了自己要喝的飲料。

說不定問題出在這裡太過醒目。仔細一想，過去那名女子打電話給我時，都只有我一個人在場，沒有一次例外。不知道是不是有什麼話不方便讓除了我以外的人聽見？

過了十分鐘左右，我覺得肚子有點餓了，看來差不多該暫時放棄等候，先去吃個午餐。我覺得不管在這裡等多久電話都不會響，因為此時完全沒有那名女子要打電話來時特有的那種不平靜感。

我在二樓福利社買了賣剩的紫蘇飯糰，去到洗手間確認臉上沒有胎記。這到底是我第幾次查看了？考慮到我過去都特意不看鏡子，光是今天我大概就照了平常兩年份的鏡子吧。

我走出洗手間，回到四樓的教室。大部分學生都邊和要好的朋友談笑邊用餐，但我找不到千草的身影，也許她去找別班的朋友了。

我一坐到座位上，前面的男生就轉過上半身面向我，一隻手肘撐在我桌上。那是個留長髮、皮膚很黑、長相很可親的男生，從他身上肌肉的位置來看，多半有在練足球之類的運動。

「你的春假好像很長啊？」他探出上半身，臉往我湊過來，距離我不到三十公分。「我說啊，你好像被荻上看上了耶？厲害厲害，真是太令人羨慕了。」

他裝熟成這樣讓我愣住了，但還是回答：「只是講了幾句話，不是看上吧。」

這名男同學一副吊人胃口的態度搖頭說：「你不了解荻上千草這個人才說得出這種話……你跟她聊天時，不覺得有些地方不太對勁嗎？」

聽他這麼說，我回想起和千草幾段短短的對話，

「的確是有點怪，她的應對太有禮貌了一點。」

「就是這個。」他豎起食指，露出有點俗氣的笑容。「她是個徹頭徹尾的千金小姐。雖然我不清楚詳細情形，可是聽說她家相當有錢。」

這不難想像，千草的言行舉止透出一種教養很好的感覺，從根本上就和一般高中生不同，相信她一定是個和我們呼吸不同的空氣、吃不同的東西、在不同的思考方式下長大的人。

「可是，我還真搞不懂。」我說。「為什麼有錢人家的女兒，會來上這種窮鄉僻壤的高中？」

「我們也覺得這點很不可思議。到底為什麼呢？當作人生經驗的一環嗎？」

「為了先習慣這種偏見，應該也是理由之一。」

千草不知不覺間已經回到教室，站在那名男同學的背後說道。

「喔，被聽見啦？」男生像要掩飾尷尬似的，露出誇張的震驚表情。

「要背地裡講人壞話，麻煩找個不會被當事人聽見的地方說。」

男生伸手梳了幾下後腦杓的頭髮，然後擺出一副乾脆厚起臉皮的態度，靠到椅子上問道：「既然如此，我就乾脆問個清楚吧。荻上，妳為什麼會念這種高中？」

「這是人生經驗的一環。」千草一臉不在乎的表情回答。

「妳好像對我記恨起來啦。」他開玩笑地苦笑說：「放鬆一點嘛。妳就是這樣，才會一直沒辦法和大家打成一片。」

「我現在正在和這一位打成一片。」千草朝我一指。「是你在礙事。」

「這可真是我不好，太不機靈了。」他聳了聳肩說。

這時，我聽見教室一角一群四、五名男女生中的一個，朝我們這邊喊了一聲：「永洞，快點啦。」被人稱作「永洞」的他回應一聲後，拍拍我的肩膀說：「那我走啦，你就跟荻上好好相處吧。」說完，便走向他的那群朋友。

我想他人應該不算太壞，對千草也並非抱持敵意。

「他還跟你亂說了些什麼嗎？」千草問。
「記得他好像說過，能和全校第一的美女同班真是光榮。」
「他怎麼可能說這種客套話？」千草嗤之以鼻。「為了避免誤會，我先跟你說清楚，我家絕對不算有錢。傳聞屬實的時期早已經過去了，我家現在只是一個非常平凡的家庭。」
我邊想著她所謂的「平凡」和我心目中的標準有著多大的落差，邊咀嚼飯糰，然後喝了口茶吞下去。千草從書包裡拿出便當盒，雖然她的便當盒看似已有些年代，卻是看上去就很高級的漆器。
「妳為什麼不跟他……不跟永洞說清楚？」
「為什麼呢？」她歪了歪頭。「說不定我是想讓他們繼續誤會。也許我是覺得，讓他們以為我家很有錢、對我敬而遠之，這種狀態讓我很自在……倒是深町同學，我可以跟你一起吃午餐嗎？」
我戰戰兢兢地反問：
「我是無所謂……呃，不會妨礙到妳嗎？」
千草看似被我問得出其不意，表情當場僵住，然後才打從心底覺得好笑得受不了似

的，雙手掩嘴發出笑聲。

「這本來是我該問的問題吧？深町同學，請問我會不會妨礙到你？」

「怎麼可能？我反而要感謝妳。」

「因為可以和全校第一的美女共進午餐？」

「對。」

「就算知道是玩笑，還是很令人開心呢。」

千草把桌子挪過來，並把椅子放在距離我三十公分的位置，一隻手按著裙子坐下。有著兩條白線的領帶，隨著她的動作頻頻搖曳。

我聽見她以耳語般的音量說了聲：「我開動了。」

放學後，千草領著我去認識校內環境。我不知道她是自願這麼做，還是那個愛多管閒事的導師拜託她這麼做，但至少她看起來不像是心不甘情不願的樣子。

「你的腳會痛的話請儘管說，不要客氣。」千草說。

「我想應該不要緊。」我在原地踏步幾下，確認傷勢恢復的情況，沒有感到疼痛或任何不對勁的地方。

走廊上全開的窗戶外頭，傳來運動社團的呼喊聲、金屬球棒的擊球聲、管樂社練習長號的音樂聲、熱門音樂社亂七八糟的吉他調音聲。全國高中體育大賽的預賽與全國高中藝文競賽的日子將近，放學後的校內充滿活力，甚至令人覺得悶熱成這樣反倒自然。

「對了，荻上，妳不用參加社團活動嗎？」

「不用擔心。」千草手按胸口搖了搖頭。「我名義上是參加花道社，但社團活動只是大家聚在社辦裡聊天……倒是深町同學，你已經決定好要參加什麼社團了嗎？」

「我想應該哪個社團都不會參加吧。」

「也對，你的傷才剛好。」

「不，傷已經沒事了，我只是想像不出自己在社團裡好好表現的模樣。」

「你想太多了。」

「也許。可是，我不好的預感一向很準。」

千草停下腳步，仰望我的臉。她一度想開口，但又打消主意似地閉上嘴巴，想了一會兒後，才挑選好遣詞用字，說道：

「深町同學，其實啊，我同樣屬於遲來的人。我的身體有些問題，一直到五月初都沒能來上學。我開始能用自己的腳走路，也是最近的事情；直到半個月前，我都還得坐

輪椅。所以，我很了解你束手無策的心情，就是會有一種被整個世界丟下的感覺吧？」

千草呼出一口氣，露出微笑鼓勵我。

「可是，我保證。深町同學不會有問題的，你一定可以過得很好。雖然我沒有根據，但就是這麼覺得。」

「謝謝妳。」我對她道謝。「我比較有精神了。」

我們再度前行，在繞行校舍一圈的途中和許多人擦身而過，但沒有一個人像我臉上還有胎記時那樣頻頻偷瞄我。但或許只是因為我心情好，也就不怎麼在意別人的視線。不管怎麼說，這肯定是多虧胎記消失的緣故。沒想到只是容貌小小改善，世界竟然會變成一個待起來這麼輕鬆的地方，讓我嚇了一跳。

繞完校舍內一圈後，我們在樓梯口換好鞋子，走到外頭。我們來到校舍後面，看過社辦大樓與第二體育館的位置後，千草拍拍我的肩膀，指了指一個運動場上的人。轉頭一看，只見永洞正一隻手拿著運動水壺朝我們揮手。他正如我所料是參加足球校隊，穿著沾了泥土的白色練習衣。

「我想他是在等你回應。」千草在我耳邊輕聲說道。

我半信半疑地揮揮手，永洞就露出心滿意足的笑容豎起大拇指。緊接著教練發出號

令，他趕緊和其他隊員一起跑了過去。

「他不是壞人。」千草說。「只要對他愛背地裡說人閒話這件事睜一隻眼、閉一隻眼就好。」

「看來是這樣。」我點點頭。

校內導覽是在傍晚七點多結束。天色已經全黑，夜晚的昆蟲開始鳴叫，運動場上亮起夜間照明燈，管樂社也轉為全團練習。

我們走在通往校門的直線道路上，我對身旁的千草道謝：

「今天很多地方多虧妳幫忙，謝謝。」

「哪裡哪裡，你耐心讓我這個閒人多管閒事，我才覺得開心呢。」千草誇張地對我鞠躬。「而且就算沒有我，我想應該也會有別人來做我現在做的事。」

「怎麼可能？今天來找我說話的只有妳跟永洞而已。」

「可是，大家都一副很想跟你說話的樣子喔。」

「跟我說話？」我忍不住驚訝地發出疑問。「是對我有什麼意見嗎？」

「深町同學真的很悲觀呢。」

千草笑得很開心。

我們在河邊的道路上默默走了一會兒。路旁有一半的防犯路燈要不是不會亮就是頻頻閃爍，亮著的地方則能看到飛蛾和金龜子交錯盤旋飛舞。自附近田地裡發出的青蛙叫聲不絕於耳，遠方則傳來列車慵懶的煞車聲，煎魚的香氣從民宅的抽風機飄過來。

我感慨頗深地想，真是做夢也沒想到會在上學的第一天就跟別人一起回家。

來到我們要分開的地方，千草先是深呼吸一口氣，然後叫了我的名字。

「呃，深町同學。」

「有什麼事嗎？」

我正經八百地回應，千草彷彿覺得好笑似地眯起眼睛。

「如果你遇到什麼傷腦筋的事情，請不要客氣，儘管跟我說。到時候，我會陪你一起傷腦筋。」

「原來如此。所以不是幫我解決嗎？」

「對。因為能為別人做的事情，其實只有一點點。」

「有道理。」

我對千草表示贊同。

說不定，我有辦法正常過活。

＊

我悠閒地走在鴉雀無聲的站前大道上，開始有了這個念頭。千草和永洞看似都對我有好感，而且班上看起來沒什麼壞人，課程進度我應該也跟得上。雖然只經過第一天，我還不能斷定，但目前沒有任何令我擔心的要素。

——不，我有唯一一件擔憂的事，那就是擔心胎記恢復。

「深町同學不會有問題的。」千草這句話讓我由衷感到開心，但她之所以說得出這種話，是因為不知道我真正的模樣、不知道我的醜陋，而我不知道自己能否一直維持這種短暫的模樣。要是我無法在期限內打動初鹿野的心，我的臉就會變回原來的樣子。

要是明天胎記回到我臉上，千草看到我的臉會怎麼說？她還是會跟今天一樣，對我保證說「深町同學不會有問題」嗎？

又或者千草說得沒錯，一切只是我太悲觀，無論臉上有沒有胎記都沒有太大差別。而且追根究柢來說，我未必是如自己想像中那麼有問題的人，單純只是以前環境不好的可能性並非為零……

又是一貫的原地打轉。無論怎麼想破頭，我都猜不出別人到底如何看待自己，但我還是無法不去想。

我等電話鈴聲等得心焦，有一大堆事情非得找那名女子問清楚。賭注的勝利條件「兩情相悅」是要達到何種程度的好感才算達成？更根本的問題是，初鹿野幾時會出現在我面前？我應該主動去找她比較好嗎？

我停下腳步。本來只想兜個小圈子就回去，但我似乎在不知不覺間迷路了。這裡是一條欠缺照明，窄得無法容納兩輛汽車交錯而過的小路，雜草在兩旁的護欄下恣意生長。從方位來看，這條路並未偏離原本的道路太遠，我心想遲早會走到認識的路上，也就繼續往前走。

我遊蕩了四十分鐘左右，總算來到一處眼熟的地方，看來我是繞了一大圈回到高中。關門的時間早就過了，除了一樓的辦公室以外，校地內的燈光全都已經熄滅，有幾個地方可以看到微微溢出的逃生門指示燈光。

我是在這時候才知道高中隔壁有一間神社。我彎過轉角，想從校舍正面繞過去時，一座火紅的鳥居映入眼簾。鳥居兩旁有著狐狸神像，更過去則有一條寬廣的石階往上綿延數十階，頂端附近又有一座更大的鳥居。

照理說，我應該沒有力氣去爬這座說不定有幾百階的石階。我對神社並不特別感興趣，也不認為這會是通往車站的捷徑。

但我就像冥冥中受到某種引導，跨出了腳步。

爬石階累翻了我，畢竟我已經走了好幾十分鐘的路，上衣也被汗水弄得全濕。石階兩旁有著成排的高聳杉樹，有些地方還可以看見樹根將石階推得往上挪移。爬到八十階左右我就不再數了。我低下頭，雙手撐在膝蓋上，讓腦袋放空，一心一意往前進。雖然出現腳上傷口開始疼痛的前兆，但都已來到這裡，總不能平白折回去。

爬完最後一階後，我來到一處比二十五公尺游泳池再寬一些的平地。這裡似乎是一座兼作公園的神社，聊備一格地在角落設有鞦韆、溜滑梯與長椅等休閒設施。從長椅底下都被雜草淹沒這一點看來，多半沒有多少人會來這裡。

回頭一看，便能將美渚一高附近的風景都盡收眼底。我在石階坐下，重重呼出一口氣，眺望著下方的校舍、住宅區與超市。夜風吹在汗流浹背的身上，感覺非常舒服。

盡情欣賞完這片小小的夜景後，我正準備簡單繞神社一圈就回家而起身時，背後傳來些微聲響。那是一種彷彿生鏽的金屬相互摩擦，令人本能感受到恐懼的聲音。

我說服自己，那只是風吹得遊樂設施咿呀作響，慢慢吞下口水，然後環顧四周。

當我知道這奇異的聲響是怎麼來的，差點忍不住驚呼出聲。是有人坐在搖盪的鞦韆上。

雖然天色太暗，讓我看不清楚這人的臉，但從個子看來，似乎是年紀跟我差不多的女生。她穿著皺巴巴的鬆垮白色上衣與短短的裙子，看起來像是直接穿著居家服就出門了。一個做這種打扮的女生，在這種時間、這種地點一個人坐在鞦韆上，這幅光景十分奇妙。

我並未懷疑她到底想做什麼。

這個女生往後仰，看著上方。

她的視線所向之處，有著一條繩子。

這條從鞦韆的橫桿垂下的繩子，綁成的形狀正好像是體操比賽用的吊環。但鞦韆的橫桿上有個吊環未免太奇怪，而且以吊環來說，這環的直徑也太大。

一眼就看得出綁這繩圈的人，就是坐在鞦韆上的女生，而且她是打算把自己的頭伸進繩圈裡，以吊掛在空中。繩子並不是綁在鞦韆板的正上方，而是從橫桿正中央垂下，繩圈下面高高堆起一疊像是從附近垃圾場撿來的舊書。這堆用來當踏腳台的舊書，放在比繩子稍微靠後的位置，只要先把脖子伸進繩圈，再輕輕走下踏腳台，就能用全身體重

去壓迫頸部。

她現在正準備付諸實行。只見她慢慢走下鞦韆，脫掉涼鞋，打著赤腳，小心翼翼站到舊書堆上之後，伸手抓住繩圈，把脖子套進繩圈裡。

一陣格外強勁的風吹起，樹林沙沙作響。

她似乎尚未發現公園裡有除了她以外的人在場。我悄悄踏出腳步，慢慢接近鞦韆。無論是要說服她，還是要硬拉她下來，我都希望能先移動到當她想不開時，能立刻應對的位置。

汗水輕輕沿著脖子往下流，我將意識專注在聽覺上，小心別發出腳步聲。感覺螽斯的叫聲變得更大聲，我仔細傾聽以單調的節奏反覆鳴叫的蟲鳴聲，對於時間與距離的感覺漸漸變得模糊，只覺得一不留神就會跌倒。

我感受著這種像是頭暈前兆的感覺，一寸一寸往前挪動。

短短幾公尺的距離，卻讓我覺得遠在天邊。

當我好不容易正要進入安全範圍時，她忽然發現有人影靠近，視線從正面望向我。

我想她應該不是想不開，而是嚇了一跳，不小心做出錯誤的判斷。

證據就是她的身體第一次往後倒了。如果她是想搶在被我阻止之前自殺，應該要往

前方傾斜。或許她是被我的出現嚇了一跳，而想先擺脫繩圈、走下踏腳台，但大概太過慌張，沒能順利鬆開繩圈，反而失去平衡，導致繩圈牢牢陷進她的脖子裡，同時她的腳則按照原訂計畫走下了踏腳台。這一跌導致舊書堆崩塌，讓她的腳踏了個空。

繩子拉得緊繃，發出幾聲悶響。

我之所以沒能立刻行動，是因為在我感受到非得救她不可的使命感之前，就先受到非得立刻逃離這裡不可的恐懼感侵襲。這是我這輩子第一次遭遇人面臨死亡的場面，我覺得一旦伸出援手，就連自己都會受到某種逼她尋死的黑色事物汙染。所以，在我以理智壓抑住身體這種反應、讓身體有所動作之前，出現了一些延遲。

我趕緊跑過去，右手繞到她大腿後方，將她整個人抱起；左手則在她頸邊摸索，抓住了繩子。但這繩圈似乎是在她將全身體重壓上去時拉緊了，我遲遲解不開。她連連劇烈咳嗽。

我亂無章法地解著繩結，她在我懷裡掙扎起來。她掙扎的力道很強，強得令我懷疑她小小的身體哪裡藏了這種力氣。光是按住她就讓我竭盡全力，也就更難解開繩結。我越是不耐煩地加強手臂力道，她越是拚命掙扎。

當我的右手再過不了幾秒就會撐不下去時，繩結總算解開來。我鬆了一口氣，立刻

全身虛脫，就這麼抱著她往前倒，整個人壓在她身上。

當我回過神來時，她的臉近在眼前。

多虧已習慣黑夜的眼睛與月光，讓我能夠看清楚她的臉。

但我的常識不願意接受眼前景象，反而頑強抵抗自己的知覺器官接收到的資訊，直嚷著不可能會有這種事。

但同時我腦中有另一個念頭。

啊啊，這一刻終於到了。

我叫出那個名字。

足足有三年沒叫了。

「初鹿野。」

她睜大眼睛，瀏海因為汗水而貼在額頭與頸子上，又因為劇烈咳嗽而導致一雙眼睛水汪汪的。

「……陽介同學？」

初鹿野以沙啞的嗓音叫出我的名字。

我們的呼吸都非常紊亂。起初我以為自己之所以說不出下一句話，是因為呼吸還很

亂，但喘息緩下來後，我仍然無法開口。喉嚨就像喝下大量海水一樣乾巴巴的。

我原本以為話語會滿溢而出，原本以為等我有一天和初鹿野重逢時，一定會有太多話想告訴她，不知道該從哪裡說起。

但實際上正好相反，張開的嘴連一個字都擠不出來。

我無法接受眼前的現實。

初鹿野的臉上，有著巨大的胎記。

「讓開。」她說。

我回過神來，放開繞向她背部的右手，往後挪動身體站起來。初鹿野慵懶地起身，雙手撐在膝蓋上站起來，拍了拍衣服上的髒汙。接著她又咳了幾聲，對於救了她的我連一句「謝謝」也不說，就從我身旁走向公園的出口。

我無法追上去，甚至無法回頭，只能像個傻子似地站在原地，呆呆看著鞦韆發出尖銳的聲響搖來搖去。

我不知道自己發呆了多久。

等我的腦袋總算開始運作時，已經看不見初鹿野的身影，接著我更產生一種錯覺，認為先前發生的事情只是一場夢。但從橫桿垂下的繩子，以及散落在地面的舊書，都不容許我做出這種解釋。它們堅定地主張，這裡曾有一個人試圖尋死。

雲層遮住月光，公園籠罩在深沉的黑暗當中。過一會兒，鞦韆不再搖動，但生鏽金屬的摩擦聲似乎仍殘留在此處。

遠方傳來電話鈴聲。

我還來不及思考，腳就先動了起來。我以魯莽的動作跌跌撞撞地跑下石階，就算再次受到需要十四週才能治好的重傷都不奇怪。只剩十幾階時，我一口氣跳下階梯，著地時整個人差點往前撲倒。我強壓住粗重的呼吸，仔細傾聽，想找出電話鈴響的位置。

有個聲音在我腦海中說：

「你在幹嘛？你最優先該做的事情是什麼？去追初鹿野難道不比找電話裡那個女人問清楚重要嗎？你是不是弄錯了優先順序？你真正該做的事情是什麼？自殺失敗之後得花上好一段時間才能重新下定決心終究只是種概論，說不定初鹿野離開以後，馬上又會再找個地方上吊啊。而且，最重要的問題不是初鹿野逃避你，而是『你逃避初鹿野』。你看到完全變了樣的她感到退縮。你認為自己應付不了，所以退縮了。證據就是初鹿野

對你連看都不看一眼而離開時，你確實鬆了一口氣。你放下心中的大石，心想還好她沒跟你說話。要是你現在不去追她，下次你也會繼續逃避，還有下下次、下下下次都是如此。這樣好嗎？你真的覺得這樣無所謂？

再問一次，你最優先該做的事情是什麼？」

我停下腳步。

鈴聲是從街角的一個電話亭裡傳出來的。

照理說電話亭的隔音效果應該相當好，為什麼在裡頭響起的鈴聲可以傳得那麼遠呢？但當我在有著整排路燈的下坡道遠方看見初鹿野小小的身影時，這個疑問瞬間被我拋到腦後。只要全力快跑，說不定還追得上她，但我同時想到，就算追上了又能怎樣？我該對她說什麼才好？我該怎麼對待一個幾分鐘前還想自殺的女生？

我把手放在門把上猶豫時，初鹿野的身影不斷走遠。正當我快要死心，覺得現在再去追也來不及的時候，正巧有一輛胡亂停放在路邊的自行車映入眼簾。我告訴自己說，想也知道那輛車有上鎖，沒用的，將自行車趕出意識之外。

「喂喂！」

腦子裡的說話聲放粗了嗓子。

「你為什麼連試都不試一下就說得出那種話？你看清楚，那輛自行車哪裡有上鎖？想也知道是小鬼頭從自行車停車場偷出來，到處亂騎然後亂丟，當然不可能會上鎖。而且，你如果真有意思要追趕，就算先接了電話，聽那個女人說完再去追初鹿野，應該也辦得到吧？為什麼不這麼做？

你就承認吧，你不想去追初鹿野。」

初鹿野的身影消失在黑暗中。

我走進電話亭，無力地拿起話筒。

『好了，你對胎記消失有什麼感想？』女子這麼說。

「我已經忘了，因為發生了更嚴重的事情。」

『原來如此。』她頗有深意地笑著。『不管怎麼說，賭約的條件已經齊全，胎記消失了，你也和心上人重逢。那麼，我就期待八月三十一日的結果。』

我略微顫抖地嘆一口氣。

「我有個問題想問妳。」

『什麼問題？』

「初鹿野的臉上……」我說。「她那胎記到底是從哪來的？」

喀啦一聲掛斷電話的聲音傳來。

我放回話筒，靠在牆上往下滑，癱坐在地上，仰望著電話亭的天花板。

不到五秒鐘，電話鈴聲再次響起。

『我忘了跟你說一件很重要的事。』

「放心吧，才不只一件。」

『十六歲生日快樂。』

女子說完這句話就掛斷電話。

我朝已經沒有通話對象的話筒說了這句話。

「這可真是謝謝妳。」

我一走出電話亭，就翻找制服內側的口袋，拿出皺巴巴的紙菸盒，叼起一根壓彎的菸點燃。香菸濾嘴黏在乾渴的嘴唇上，撥下一層薄皮導致鮮血滲出，在白色濾嘴留下口紅般的血漬。

我事不關己地心想，事情越來越棘手了，同時吐出第一口煙。

十六歲的夏天就這麼開始了。

第3章　吾子濱的人魚傳說

一打開門就聞到一股異味，是一種像是蔬菜腐爛的臭味。我脫掉上衣和襪子丟進洗衣機，去到客廳一看，見到媽媽拿折起的坐墊當枕頭睡在那裡。茶几上滿是落花生的殼，自打翻的茶杯倒出來的日式燒酒流滿整桌，從桌緣一滴滴往下滴。客廳的電燈四周有著小小的飛蛾飛來飛去，開著沒關的電視播映著新聞節目。

我拿抹布擦拭茶几，榻榻米浸濕的部分則拿揉成一團的廚房紙巾一再拍打。我在廚房與客廳之間來來去去時，媽媽仍然沒有要醒來的跡象。桌上沾黏的汙漬讓我覺得不管怎麼擦都擦不乾淨，擦到一半就放棄了。

打開冰箱一看，裡頭有變黑的大白菜、來不及吃的蘿蔔、保存期限過了足足一週的雞蛋，還有袋子打開沒封起的豆芽菜。我用平底鍋把凍得硬邦邦的豬肉解凍，同時切起蔬菜時，媽媽才總算醒過來，從客廳用酒嗓說了聲：「給我水。」

我倒一杯冰水端去給媽媽，她起身一口氣喝完之後，只說一句「不好意思」又再度倒下睡著了。

我吃完晚餐，正在洗碗盤時，媽媽走進廚房來。她站在我身旁，並未幫忙洗碗盤，

只是以惺忪的睡眼一直看著我的側臉。然後，她花了三十秒才總算注意到自己兒子身上發生的變化。

「哎呀，你臉上……」

「嗯。」我回答。「今天早上醒來一看就不見了。」

媽媽把臉湊過來，仔細端詳我的臉，多半是懷疑我動了化妝之類的手腳吧。

她仔細觀察一遍後，開心地拍拍我的背說：

「那不是很好嗎？以前那些治療的成果出來了，不枉你跑了這麼多家醫院。」

我心想，別說傻話了，這可不像青春痘或雀斑啊。明明每位醫師都一臉複雜的表情，委婉地說我只能妥協，和這個胎記一輩子相處下去。他們甚至還說，即使移植健全的皮膚，同個部位再度冒出胎記的可能性也很高。這樣的胎記在一夜之間治好了，媽媽卻說是「治療的成果出來了」嗎？

「妳不覺得不可思議嗎？我最後一次去皮膚科已經是兩年多前的事吧？」

「是啦，的確很不可思議。而且，即使真的是治療的成果顯現，但如果是慢慢痊癒還可以理解，一夜之間就治好實在太不合常理，只能說是奇蹟。」

媽媽喝一口茶杯裡的酒，抓起三粒落花生扔進嘴裡。

「可是啊，陽介，胎記都消失了，你就乾脆忘記有過這麼一回事吧。人遇到過度的幸運時，最好的方法是不要打草驚蛇。就是因為硬要把事情鬧大、想要查明原因，才會白白糟蹋這般幸運。這種時候只要擺出一臉『這點幸運沒什麼了不起』的表情就好。」

我心想媽媽這番話有道理，但這種說法只在無法確定幸運的原因時才能成立，而我的幸運有著明確的原因。

「你就乖乖為這件事高興吧，不可以害怕空歡喜一場之後會很沮喪。背起沮喪的風險去空歡喜，才是最聰明的做法。」

我不回答，指了指媽媽手上的茶杯。「妳不是說從七月起要戒酒嗎？」

「這是熱開水。」媽媽撒了個明顯的謊。「只是熱開水。」

我搶過茶杯，一口氣喝乾。喉嚨發燙，一股酸臭的芋頭味道在胃裡擴散，讓我覺得有點想吐。這種東西到底哪裡好喝？

「你這個壞孩子。」媽媽邊說，邊再度把燒酒倒進我還給她的茶杯裡。

「這只是熱開水。」我裝蒜地這麼說。

我在被窩裡躺下，閉上眼睛，但眼瞼下頻頻閃現幾小時前發生的事，讓我覺得自己

多半睡不著。我來到客廳，從放在櫃子第二層的一整條菸裡抽出一包後，回到自己的房間關掉燈，點著菸。為了不讓煙瀰漫在房裡，我拉開紗窗，探頭到窗外，聞到一股潮濕土壤的氣味。

初鹿野的臉烙印在我眼底，揮之不去。她臉上有著很大的胎記，一片與原本我臉上的胎記一模一樣的藍紫色胎記。

我先不去想她臉上是如何出現那塊胎記，畢竟那說不定是自然發生的，也說不定不是。雖然我並非完全不知情……但不管怎麼說，這個問題不是我現在就想得出答案。現在我該想的是，因為某種理由出現在她臉上的胎記，帶給她什麼樣的影響。

初鹿野在那個公園裡試圖自殺，這是千真萬確的事。導致她做出這種行為的原因，真的是那片胎記嗎？她是因為感嘆自身容貌衰退，才會想上吊自殺？

即使說得保守點，仍然可以說初鹿野是全鎮最美的女生。每個人都崇拜她，每個人都嫉妒她，每個人都羨慕她。她對此應該頗有自覺，絕對不是個看不懂別人的細微感情變化的女生。她的美貌突出得足以扭曲「美貌」這個詞的定義，對此她不可能不知道。

這樣的美貌受損，不知道到底是什麼感覺？我完全無法想像。若說過去長在我臉上的胎記像是舊榻榻米上的汙漬，那麼她的胎記就像是純白禮服上的汙漬。即使汙漬本身

的顏色與大小都一樣，意義仍然不同，後者所造成的精神損害遠非前者能相比。即使初鹿野因為胎記而對自己的未來悲觀，也是在所難免。

但同時，我又對自己得出的結論感到不對勁。初鹿野真的會為了這點事情而動起自殺的念頭嗎？美貌只不過是她的魅力之一。從我剛認識她的那時候起，她就擁有不像國小生的敏銳洞察力。她的發言富含機智，學力很高，運動神經也很出色。她讀過很多書，還精通連爸媽都不知道的古老樂曲。即使說得保守點，她豐富的感性應該在我的二十倍之上。

這樣的她，會只因為美貌受損這樣的理由就想自殺嗎？

我心想，明天放學後去見初鹿野一面吧。不管我要思考什麼問題，都欠缺太多材料。先實際見一面，聽聽她怎麼說，弄清楚一切之後，再決定今後的方針。

儘管十分不安，但決定要去見初鹿野之後，我發現自己頗為興奮。無論形式為何，接下來我又能再度參與她的人生。在國小畢業的那一天，我本來以為只要分隔兩地，很快就能忘記初鹿野，但實際分開後，這三年來我對她的思念不減反增。

從某個角度來看，我一直在等待這一天來臨。

我捻熄香菸，來到客廳將菸蒂丟進菸灰缸，然後在梳妝台前跪坐下來，看著這張不

再有胎記的臉。

什麼都沒有的人有著唯一一個優勢，那就是沒有任何失去了會煩惱的事物。只要擁有一個重要的事物，人就會一直受到害怕失去這項事物的恐懼所折磨。

證據就是我現在感到害怕，害怕胎記回到臉上，害怕自己回到原本慘澹的生活。

*

隔天早上，我來到一年三班的教室前忽然停下腳步。

我從以前就很害怕打開教室門的那一瞬間，隨著年紀漸漸增加，這種傾向也越來越明顯。

有些事情會在一夜之間完全改變，而打開門的瞬間，就會揭曉這種改變。例如昨天還很祥和的氣氛，今天就變得劍拔弩張；昨天還是班上核心人物的學生，今天卻受到排擠；昨天還很和善的朋友，今天卻設計想陷害我……總而言之，一件事直到昨天都沒變，不代表今天也不會改變，所以每當我早上站在一扇門前，都覺得自己像在掀開海邊的石頭，底下可能出現寶石般漂亮的貝殼，也可能爬滿噁心的海蟑螂。

我小小深呼吸一口氣，打開教室的門。雖然沒看見千草，但永洄一看到我就朝我招手。我點點頭，先把書包掛到自己的桌旁再走向他。

永洄和包括他在內的三男兩女集團談笑著，看來他是想幫我打進這個圈子。我知道他這種行為是出自善意，而且對於處在我這種立場的人來說，最需要的也就是這樣的場合，但我心中還是覺得有些厭煩，因為我不喜歡像這樣很多人一起談天。

「你是深町同學，對吧？」問話的是女生中個子很高、五官深邃的那位。「你的傷已經好了嗎？看你好像住院很久。」

「已經完全沒事了。」我回答。「到六月底時，傷勢幾乎都治好了，我是在等期末考結束。」

五人一同大笑，永洄朝我胸口輕輕一頂，說：「真有你的。」

「我們正在討論試膽的事。」說這話的是個短頭髮、皮膚有點黑，一副棒球校隊模樣的男生。「你有沒有聽說過山腳下那個廢墟的傳聞？」

「啊啊，不就是有個紅色房間的廢墟嗎？」

我說出這句話的瞬間，五個人都不笑了。

我心中暗自緊張，擔心自己是不是說錯話。

「紅色的房間？」永洞問。

「對，廢墟深處有個紅色的房間。」

「我第一次聽說。」說話的女生和先前那個女生形成鮮明的對比，她的個子嬌小，五官柔和，眼鏡下的雙眼閃閃發光。「那是什麼？」

「也沒什麼好玩的，只是角落有個用噴漆噴成紅色的房間。在光線太暗的地方看到會有點嚇一跳，但就只是個紅色的房間而已。」

「你還真清楚。」短髮男生這麼說。「你該不會進去過吧？」

剎那間我有所遲疑，但還是坦白回答：「嗯，我國中的時候朋友帶我去過。」

「我想聽你說得詳細點。」戴眼鏡的女生說。

「那個房間正中央有張椅子，上面坐著一個假人。」我的舌頭慢慢變得靈活起來。或許是多虧胎記消失，我和往常不一樣，能夠自然地跟上談話。「不知是誰會定期幫她換衣服，有些日子是穿一高的制服，有時候又換成泳裝。」

短髮男生雙手一拍。「這不是很有意思嗎？我突然想去了。」

「還不只是這樣。」看到他們五人的反應，我又更進一步說道：「旁邊的房間裡有一張很舊但還算乾淨的床，床的四周丟著各種剛用過沒多久的東西。」

聽我這麼說，三個男生發出歡呼，戴眼鏡的女生則皺起眉頭，但也不像是完全無法接受的樣子。

只有高個子的女生似乎聽不懂，天真地問：「是什麼東西丟在那裡？」

「應該可以肯定不是拉砲或賓果卡吧。」先前一直不開口的一名皮膚很白、臉孔中性的男生，小聲地這麼回答。「也不是裝點心的袋子。」

「雖然我不太懂，但你是不是在嘲笑我？」高個子的女生瞪著他。

「就今晚吧。」永洞說。「我等不及了，我們今晚就去看看。深町，你可要幫我們帶路。」

「今晚？」我回問。「呃，不好意思，今天放學後我……」

「哎，剛剛被叫到的是不是深町同學？」戴眼鏡的女生手放在耳朵邊這麼說。

我們一起閉上嘴，校內廣播的確反覆叫到我的名字。

「聽這聲音是笠井。」白皮膚的男生說。

「虧我們聊得正起勁。」戴眼鏡的女生噘起嘴。「深町同學，慢走。」

我正要離開時，永洞朝我的背影開口。「試膽你今天是去不成了嗎？」

「很遺憾。」我點點頭。「而且，現場都是沒有去過的人，你們也會比較緊張，感

覺比較刺激吧。」

我離開教室後，暗自鬆一口氣。

看來這次的石頭底下不是海蟑螂，而是貝殼。

*

「你明白自己被叫來的理由嗎？」

我過去至少被問過同樣的問題三十次。你覺得你為什麼被叫來？你知道我想說什麼吧？你說得出自己哪裡不好嗎——真不知道老師們是從哪裡學來這種拐彎抹角的說法，是上過這種研習課？還是罵過很多學生便自然學會了？

笠井的態度與昨天判若兩人，顯得極為冷淡。他一手手肘撐在桌上拄著臉，就像有半天沒抽菸的尼古丁成癮者，神經質地用原子筆連連敲打桌面。

「不知道。」我回答。雖然不知道原因，但笠井似乎在對我生氣，這種時候最好別亂說話，應該要先看對方怎麼出招。

「是嗎？」他一副遺憾的模樣搖搖頭，轉動椅子面向我。「不過，你再想清楚一

點。要是什麼事都沒有，你怎麼可能會被找來？我也不是閒著沒事做啊。」

「那就請老師說清楚。不管我怎麼想，不知道的事情就是不知道。至少我不記得自己做過什麼會被人責怪的事。」

教職員辦公室早上有許多學生進出，好幾個人都在偷瞄我和眼神凶狠的笠井對峙的場面，這種狀況實在很難令人樂觀看待。我希望能在同班同學目擊這個場面之前，就先解決一切。

「就算是這樣也沒什麼不可思議的。」笠井的嘴輕輕碰上咖啡杯。「也對，那我就省事點，直接問吧。你知不知道你右前方的那個座位是誰的位子？」

說是要省事，但這個問法仍帶著誘導的意思。但話說回來，我也不能不回答老師的問題。我回想昨天教室裡的情形，坐我前面的是永洞，右邊是千草，右前方的座位應該是空的。

「不知道，那個人昨天好像缺席。」

「沒錯。」笠井點頭。「然後，這位同學今天也要缺席。剛才家長打電話來了。」

我看不出他想說什麼。昨天才第一天上學的我，和這位常請假的學生之間，到底能扯上什麼關係？

「然後呢？」我催他說下去。

「這樣啊？這樣你還不懂？」

笠井搔了搔頸邊的髮際，露出沒轍的表情嘆一口氣。

「從很久以前，對方就提出強烈的要求，說不管哪一班都好，請我們把她調到別班去，還說她不能說出理由，但總之萬萬不要留在這一班。當然，要是我們對學生這種任性的要求全都答應，那可會沒完沒了。一旦答應第一個例外，就得答應第二個，最終便得答應所有人的要求不可，事情就是會這樣。所以我一直安撫她，請她想辦法忍耐一年。她雖然心不甘情不願，但看起來是答應了。」

笠井在說明時，仍然睜大眼打量著我的舉動，彷彿在等我不小心露出什麼馬腳。

「然而今天早上，我接到了電話，這下才總算知道她為什麼這麼排斥這一班，又為什麼直到前天都還願意忍耐著來上學。」

我默默等他說下去。

「根據她母親的說法……」

笠井終於觸及整件事的核心。

「初鹿野唯似乎是絕對不想待在有深町陽介在的班級。」

我落入一種像是整個肺都被掏空的感覺當中。

「你對初鹿野做了什麼嗎?」

我吐出變得稀薄的空氣,吸進辦公室裡澱積的空氣,這才總算開了口。

「初鹿野唯?初鹿野唯在我們一年三班?」

笠井哼了一聲,多半是覺得我在裝蒜。

「班級名冊應該在四月就已經交給所有學生啦,你一次都沒看過嗎?你住院的時候明明有得是時間。」

各式各樣的念頭從腦海中閃過,但我小心不讓這些念頭顯現在臉上,只說:「原來是這樣。」

「然後呢?」笠井立刻追問。「我重新問你一次,你對初鹿野唯躲著你的理由,知道些什麼嗎?」

昨晚的光景反射性地掠過我的腦海:長長的石階、冷清的神社公園、搖晃的鞦韆、堆起的舊書、摩擦作響的繩子,以及她臉上的胎記。

我再度想到胎記，導致回答有所延遲。笠井並未錯過這個反應，逮住我這不到一秒的不自然停頓，看穿了我並非完全不知情。

「我才想問呢。」我盡力說得自然。「我和初鹿野自從上了國中以後，再也不曾聯絡。國小時，我們有一段時間經常在一起，但我想當時我們對彼此來說都是好朋友，我想不到她有什麼理由要躲著我。」

「那你要怎麼解釋初鹿野缺席的理由？」

「我怎麼知道？請老師去問她本人。」

笠井用原子筆戳了戳自己的太陽穴。

「我知道搬出以前的事情對你不公平……可是，我既然知道你在國中時代鬧出的諸多問題，就沒有辦法不起疑心。這你應該懂吧？」

我心想，原來如此。笠井會如此斷定，原因應該就出在這裡。他腦中肯定已經編織出一個故事，例如我和我的那群壞朋友，在國小時曾霸凌過初鹿野。

「我明白老師的意思，我被懷疑也是難免的。」我退讓一步地說道，「可是，至少關於這件事，我敢斷定一定是誤會。請老師再跟初鹿野談談。」

「我當然是這麼打算。」

談出結論之後，正巧上課鐘聲響起。

「你可以回去了。」笠井說。「雖然我以後多半還會找你來問話。」

我默默轉身背對他，離開辦公室。

一回到教室坐到座位上，千草就一副有話想說的表情窺探我的臉色。因為才剛被笠井找去，讓我的警戒心變重了，心想說不定她也一樣會從我意想不到的角度指控我。

「早安。」我以打招呼先發制人。

「早安。」

千草對我點頭，她打招呼的模樣顯得有些生分。

「昨天很謝謝妳。」我懷著戒心道謝。

「不客氣。」千草幾乎是機械式地回話。

我們之間產生一陣令人不自在的沉默。

我最先想到的是，我霸凌初鹿野這種毫無根據的謠言可能已經傳開了。接著我還想到另一個可能性，擔心是不是我無意中惹得千草不高興，於是回顧起自己的行為。結果，千草一副滿不在乎的態度說：

「深町同學，你剛才好像很開心嘛。」

她這麼一說，我想起自己被叫去辦公室前，和永洄他們聊廢墟的事情聊得很熱絡，是後來遭笠井逼問，讓我早就把先前聊得樂昏頭的心情拋諸腦後。

知道千草不高興的原因，讓我鬆一口氣。想來她要麼是討厭永洄那些朋友，要麼就是討厭他們聚在一起時形成的某種氣氛吧。而我融入他們當中，讓她看不順眼。

「我們是在聊廢墟的話題。」我跟她解釋。「他們說要去那邊試膽。我國中的時候也做過類似的事情，就告訴他們廢墟是什麼樣的地方。他們聽得很開心。」

「深町同學要跟他們一起去嗎？」

「沒有。他們有邀我，但我今天放學後有別的事情要忙。」

「原來如此。」

她清了清嗓子。

「這個，深町同學，我們重來一次吧。」

我歪頭納悶，千草露出非常討喜的笑容說：「早安，深町同學。」

啊啊，是這麼一回事啊？

「昨天很謝謝妳。」

「不客氣。」她心滿意足地瞇起眼睛。「今後也請你不要客氣，儘管依賴我。」
「我會的。對了，」我指向斜前方的座位。「那是初鹿野唯的座位，沒錯吧？」
千草眨了眨眼睛後，連連點頭。
「是啊，那是初鹿野同學的座位，但是你還沒……」她說到這裡，突然驚覺地抬起頭來。「你們該不會認識吧？」
「嗯，我們是國小同學。」
「原來是這樣。」
千草捕捉到我表情的變化，語帶深意地點點頭。
「從你的樣子看來，關係似乎不只是『同學』這麼簡單呢。」
「不。」我無力地搖搖頭。「就只是普通同學。」

上午的課我完全聽不進去，看著空白的筆記本，腦中反芻今天早上笠井跟我說的話。每到下課時間，千草就找我說話，但我只能沒精打彩地回應她。
第三堂課上課前的休息時間，我正為了體育課而換穿運動服的時候，不經意地對永洞問起：

「永洞，關於坐你隔壁的那個女生，我有些事情想問你。」

「你說我隔壁，是指初鹿野唯嗎？」永洞邊解開上衣的鈕釦邊反問。「那個臉上有一大片胎記的女生吧？」

「胎記？」我不由得反問。

永洞的回答令我相當意外。既然永洞知道這件事，表示初鹿野臉上的胎記是從更早以前就有的。

「初鹿野怎麼了嗎？」

「嗯，我跟她從以前就認識。」

「哦？」他脫掉T恤，套上運動服。「你想問我什麼？」

我想了一會兒，更改要問的內容。「她的胎記是從什麼時候開始有的？」

「什麼時候開始？」永洞停下動作，陷入思索。「不知道啊，因為我第一次見到她的時候就已經有了。」

「……原來如此，謝謝。」我對他道謝。

「嗯。」永洞點點頭。

如果他所言不假，表示早在今年四月時，初鹿野的臉上就已經有胎記。這讓我更加

搞不清楚狀況。

先整理一下吧。初鹿野說她不想見我，而且不是今天早上突然這麼說，而是從相當久以前——多半是從知道我和她分在同一班的那個時候起——就這麼想，並為此跑去求笠井。也就是說，初鹿野之所以躲著我，和昨晚發生的事情無關，不是因為我阻撓她自殺而生氣，又或者是被我目擊到見不得人的行為而沒有臉見我。

那麼，初鹿野唯是為何憎恨起深町陽介呢？

我很想說自己毫無頭緒，但其實有一個假設。

初鹿野臉上的胎記，會不會就是從我臉上消失的那塊胎記？

初鹿野的美貌，會不會是暫時被沒收，拿去當這場賭局的抵押品？

現在回想起來，那女人在電話中提議要打個賭，卻完全沒要求我提供賭金之類的東西。然而，如果賭金已在我不知不覺間付出去，又會是什麼情形？而且還不是直接從我這邊收走，而是間接從初鹿野身上拿走。

然後，如果那女人通知初鹿野，讓她知道自己的容貌被拿來當成賭局的抵押呢？

從這邊開始已完全是空想，畢竟初鹿野臉上的胎記，早在我臉上的胎記消失前就已存在。我的假設若要成立，下列兩種前提之一必須成立：

①電話中的女人能夠回到過去，收取賭局的抵押品。

②電話中的女人從很久以前就知道我會參加這場賭局。

光是在這個階段，邏輯就已完全瓦解，但本來不可能消失的胎記都消失了，事到如今還談什麼邏輯？對於和這場賭局有關的一連串事情追求合理性根本是白費力氣。與其拘泥邏輯，還不如從電話中的女人先前的言行來推測她的個性，單純評估「那女人可能會打的主意」。或許這反而是通往真相的捷徑。

我開始想像：某天晚上，初鹿野獨自走在街上，聽見公共電話的鈴聲響起。她在冥冥之中的引導下拿起話筒，然後那女人告訴她說：『妳的美貌被拿去當深町陽介參加賭局的抵押品。』初鹿野以為是惡劣的玩笑，皺著眉頭掛斷電話，但隔天早上在鏡子前呆住了。她臉上長出一片令人駭然的胎記——而且是有點眼熟的胎記，不管怎麼用肥皂洗都洗不掉。

那天下午，她正煩惱著要不要去醫院時，那女人又打電話來說：『妳臉上的胎記本來是長在深町陽介臉上。』

推論到這裡，理所當然會產生疑問，那女人到底為什麼要用這麼拐彎抹角的方法？

我站在那女人的立場來思考，然後得出這樣的結論：

她也許是想考驗我，看看我能不能像以前初鹿野對我那樣，公平對待美貌受損的初鹿野。

「深町同學。」千草戳了戳我的肩膀。「你要繼續想事情嗎？」

我的思緒回到現實，也聽見教室內的喧鬧聲，不知不覺間已是午休時間了。

「不。」我靠在椅背上，輕輕伸個懶腰。「該結束了。」

千草微微一笑，半蹲半站地挪動桌子靠過來。

我們兩人邊天南地北地閒聊邊吃午餐時，從福利社回來的永洞說聲「打擾啦」並把椅子放到我們對面。

「是啊，你打擾到我們了。」千草說歸說，還是把便當挪向自己身前，騰出空間給永洞。他們的感情真好。

我們三個人一起吃完飯，永洞說：

「你們不覺得大家今天有點心浮氣躁嗎？」

「會嗎？」千草環顧四周。

「深町，你才來上學第二天，也許看不出來，但大家明顯都有點心浮氣躁，因為大

活動就快到了。」

我回想七月的行事曆。

「你說大活動……啊啊，是星期六的球類大賽？」

「這可能也是一部分的原因。不過，我要說的不是這件事。」

千草代替永洞回答：「差不多要到『美渚小姐』的開票結果發表日了。」

「喔，這樣啊。」我恍然大悟地點點頭。我完全忘了有這樣的活動。

「其實那等於是校內所有女生都參加的選美活動。真虧這種活動可以每年都持續辦下去。」

「順帶一提，我當然是投給荻上。」永洞若無其事地說道。

「這樣我會很為難。」

千草瞪了永洞一眼，但他一副全然不介意的模樣問我：

「深町，要是你的話會投給誰？」

我的目光掃過教室內一圈後，重新看向身旁的女生。

「也對……要是我有機會投票，可能同樣會投給荻上。」

如果把初鹿野從候選人當中剔除的話——我在腦子裡加上這麼一句但書。

永洞跟我勾肩搭背，一臉得意的表情對千草說：「我就說吧？」

「為什麼是我？」千草臉頰微微泛紅地問。

「因為妳看起來很會游泳。」我回答。

「你在說什麼啊？」

「意思就是說妳最漂亮。」永洞擅自幫我意譯。

「……那可多謝了。」

千草微微嘆了一口氣。

每年八月二十六日到二十八日所舉辦的「美渚夏祭」有個慣例，會在第二天晚上由該年度的「美渚小姐」朗讀美渚町代代相傳的人魚傳說，並演唱〈人魚之歌〉。這個角色是整個慶典最亮眼的部分，必須由美渚町出身的未婚女性擔任，每年都從美渚第一高中選出——之所以會這樣，似乎是因為在這個鄉下小鎮，未婚是相當令人難為情的事，除了學生以外的女性都很忌諱擔任這個角色。以美渚小姐的身分站在大庭廣眾之下，也就等於大聲宣揚自己是未婚女性。

再加上美渚町代代相傳的人魚傳說，和其他無數的人魚傳說一樣有著悲劇的大綱，

因此不知道從什麼時候開始有了個魔咒，說獲選為美渚小姐的女性便會錯過適婚期。

「吾子濱的人魚傳說」說得淺顯易懂一點，就是把福井縣的「八百比丘尼傳說」與漢斯・克里斯汀・安徒生創作的童話《人魚公主》加起來除以二而成的故事。「八百比丘尼傳說」是描述一名少女不小心吃了人魚肉而長生不老，出家後八百年來走遍全國；《人魚公主》是描寫一位人魚公主在十五歲生日時第一次離開海洋，結果和一名人類萌生禁忌的戀情。說得簡單點，把《人魚公主》當中的女巫換成八百比丘尼，就是吾子濱的人魚傳說。

有趣的是，如果記載正確，吾子濱的人魚傳說早在安徒生創作出《人魚公主》的兩百年前就已經存在。另外，如果把這個故事拿來和《人魚公主》相比，故事不是由人魚的觀點而是從女巫的觀點來敘述，也非常耐人尋味。因此，美渚町的街上到處都設有人魚雕像，徒勞無功地試圖靠「人魚小鎮」的名聲招攬觀光客。但直到今日，我仍然不曾看過什麼像樣的觀光客人潮出現。

據說八百比丘尼直到死前，都維持著十五、六歲的容貌；至於人魚公主和人類談起戀愛，則是在十五歲的生日。從這個角度來看，要朗讀吾子濱的人魚傳說，高中生也的確可說是最適當的年齡。

我之所以覺得千草適合當「美渚小姐」，是因為她有點紅顏薄命的氣質，和吾子濱人魚傳說的悲劇氣氛頗為搭調。但我當然沒把這件事告訴她本人，畢竟被人這麼誇獎想必不會高興。

永洞所料不錯，午休時間結束時，美渚小姐選美的開票結果以校內廣播的方式宣告。經過一陣吊胃口的停頓後，播音員唸出當選者的姓名。

『一年三班，荻上千草同學。』

千草的表情當場僵住。

一陣短暫的寂靜籠罩住教室，打破寂靜的則是永洞的掌聲。在他帶頭之後，整間教室到處都響起掌聲。

從鼓掌的情形來看，班上的同學似乎都由衷祝福千草當選。她之所以當選，並不是有人特意要讓她難堪——我之所以會有這種想法，是因為國中時代曾親眼見過這種惡意——大家都覺得千草那種悲劇美少女的氣質，很適合擔任美渚小姐這種悲劇的女主角，所以才投票給她。就和我與永洞一樣。

處在騷動中心的千草本人，卻是面無血色地低著頭，不管我和永洞叫了她幾次都不

應聲。於是，我決定改變刺激的方式。我先前都叫她「荻上」，現在則改成叫「千草」試試看。

千草吃了一驚，抬起頭來。

「對不起，我腦子裡有點亂。不要緊的。」

「要是妳討厭拋頭露面，直接拒絕就好了，不會有人怪妳的。」我說。

「也不到討厭的地步，只是有點嚇到。」

「不用想得太複雜。」永洞開玩笑地說。「如果妳無論如何都不想當，我可以代替妳上陣。」

「那限定未婚女性耶。」

千草露出苦笑，但心情似乎因為永洞的玩笑而舒緩一些。

但在這件事之後，千草有好一陣子明顯變得安靜許多，上課時也心不在焉地露出憂鬱的表情看著窗外。第六堂課都上完了，她仍未恢復正常。我對她說聲「那我們明天見」，她才像突然被拉回現實似地全身一震，但也只硬擠出笑容說：「嗯，明天見。」

這時我心想，她多半是非常不喜歡拋頭露面吧。雖然後來知道這個推測錯得離譜，但也無可奈何，因為要憑那個時候掌握到的資訊就推測出她的真意，那才是有問題。

沒錯，不只是千草當還美渚小姐而臉色發白的理由，這時候我真的對於很多很多事情都不明白。儘管線索俯拾皆是，但我實在沒有心思一一停下腳步，思考這些線索有什麼含意。

*

要躲起來抽菸也是一件很費心思的事。鄉下地方就是人口雖少，卻很難找出不會被人看見的地方。到處都有渴望刺激的人，他們的興趣就是一整天坐在窗戶旁監看來來往往的人，一看到什麼異狀就高高興興地衝出家門。只要有一個人跑出來，便會接二連三有人嗅到出事的味道而聚集。然後，無論他們發現的異狀是事實還是誤會，這些人都會站在那兒聊上足足一小時才離開。

我踩熄香菸，走出氨水味很重的公園洗手間，深深吸了一口新鮮的空氣。火燙的柏油路面傳來乾澀的氣味，路旁的林子則傳來濃得令人喘不過氣的綠葉氣味。我用手擦去臉頰上的汗，再度朝初鹿野家走去。

我想起了雨聲，而且不是小雨，是即使撐傘仍會讓膝蓋以下全濕的大雨。我第一次

去初鹿野家時，正好是和現在差不多的季節，那是個天氣不穩定的七月中旬午後。

那一天的天氣預報有誤，下起大雨。除了我這種幾天前忘了把傘帶回去，就這麼把傘留在國小裡的懶鬼以外，大部分學生都在學校等爸媽來接。

初鹿野一向會把東西收好帶走，當然屬於後者，但她知道我有傘後，就一再說「如果你可以送我回家，我會很開心呢」。

「你想想，要等到我爸爸來，還得在這裡等上兩小時，那多無聊？」

所以，我就送初鹿野回家。大部分男生都放棄回家而前往體育館，大部分女生則三三兩兩地圍成一個個小圈子在聊天。沒有朋友的學生們逃進圖書館，一部分脫離常軌的傢伙打著赤腳在運動場上奔跑。眾人各自找事情做，只有我和初鹿野走向樓梯口。

那時候，我們罕見地剛有過一場稱不上是吵架的小小爭執，彼此都覺得不便找對方說話。雖然我對她的怒氣早已消失得無影無蹤，但又找不出什麼方法開口，所以一直在找機會與她和好。

我想她的心情大概也差不多，結果這時老天爺賞臉地下起雨。我在窗邊看著雨時，初鹿野維持比平常稍微遠一點的距離站到我身邊說：「天氣預報說錯了呢。」我說：「這下子我總算不會忘記把雨傘帶回家了。」

幾分鐘後，兩人間的距離已一如往常。

我走出樓梯口，撐開雨傘。初鹿野鑽到傘下，有點彆扭地笑了笑。

一離開屋簷，猛烈的雨點立即敲打著雨傘，每走一步都有水在腳下濺開；每當風吹得雨傘晃動，便有大量的水流下來。平常被放學回家的學生擠滿的通學道路，現在除了我們以外，沒有一個人走在路上。

要不是有這場雨，我想我們會再晚一點和好。

比起右手偶爾被初鹿野的左手碰到的感覺，淋濕的鞋子那種濕暖的感覺更讓我印象深刻。在那之前，我幾乎不曾和初鹿野如此接近，但我那時候莫名地一直想著蟬。下著大雨的時候，蟬在哪裡做些什麼呢？當然不只有蟬，像麻雀、蝴蝶、貓或熊在做什麼，我也不知道，但我那時候就是特別擔心蟬。牠們的生命不到一個月，卻被這場雨毀掉寶貴的一天，不知道是什麼心情？

明明是下午三點多，但視野差得多次看到汽車亮起大燈照明。上下坡的時候還好，但一進到平坦的道路，不到五分鐘我們就被車子濺起的泥水潑到三次。第一次是走在靠車道側的我擋著，讓初鹿野並未被弄得太濕，但第二次我們兩人全身都被潑濕，感覺撐

傘真像個傻子，到了第三次則已經什麼感想都沒有。

但我仍未放開雨傘，因為這是讓我能和初鹿野相互依偎的免罪符。多虧這場足以遮住視野的大雨與沒有別人在場的狀況，讓我得以忘記胎記的存在，言行舉止都不用多所顧慮。我心想，要是世界一直是這樣，那該有多好？就是因為各種東西都看得太清晰，人才會活得這麼辛苦。如果世界更昏暗、輪廓更模糊，說不定人就不會那麼仰賴眼睛看到的印象，而是會更加慎重地判斷事物。

「就是這裡。」

聽初鹿野這麼說，我停下腳步。門邊有著五顏六色的繡球花盛開，被雨點打得頻頻搖曳。看來這裡就是初鹿野的家。

「謝謝你送我回家。」她說著，朝我一鞠躬。

「到頭來撐傘也沒意義啊，弄得像穿著衣服游泳過。」

「沒關係，因為我很開心。」

初鹿野拉開拉門，正要走進去時，忽然又打消主意似地轉過身來。

「你可以進來躲雨喔？」

「謝謝，不過我家用跑的一下子就到了。」

我並未說：「要是妳帶著臉上有這種胎記的男性朋友進家門，妳爸媽的臉色大概不會好看。」

「這樣啊，說得也是。」初鹿野用食指搔了搔臉頰。

「嗯。那我走了，明天見。」

我說著正要離開，初鹿野的指尖揪住我的衣袖。

她把嘴湊到我耳邊輕聲問：「你不生氣了？」

「我從一開始就沒生氣。妳呢？」我反問。

「我也是，從一開始就沒生氣。」

初鹿野露出鬆一口氣的表情放開我。

「回家路上要小心喔。」

「嗯，妳也要小心別感冒。」

我和她道別後沒過多久，雨勢就開始轉弱；然後不到五分鐘，雨就完全停了。但我並不會想說，要是在學校裡多等一會兒就不用淋濕了。

這件事成為開端，讓我們的關係有了小小的進展，證據是我們後來開始一起上下學。我每天早上都會先繞去初鹿野家，她一定會在我按下門鈴之後的十秒內出來。她一

打開家門，我便會聞到一股不可思議的氣味從她家裡飄出來。不管是什麼樣的人家，都會有那個家特有的氣味，而初鹿野家的氣味讓我聯想到一種安詳的幸福（我知道這個說法很平凡，但我真的這麼覺得，所以也沒辦法）。我心想，如果幸福有氣味，聞起來應該就是那樣子吧。

初鹿野穿上鞋子，照著穿衣鏡檢查完服裝和髮型後，不忘對待在客廳的家人說聲「我去上學了」。她的服裝乍看之下很低調，但仔細一看會發現都是些當地買不到的款式，穿在她身上顯得清新脫俗。對她母親而言，初鹿野應該就像個洋娃娃。要是有個這樣的女兒，相信買起東西也會更起勁。

我每天早上都會去初鹿野家，但從不曾超出玄關的範圍。要是我說我想進去，她應該會讓我進家門；要是她請我進去，我想我應該也會進去，但我就是不覺得有這個必要。我覺得，輕易發展成會出入彼此家裡的關係，反而有點可惜。因此，我從不曾見過她的雙親。我一直覺得，不必讓他們知道女兒有個朋友臉上有著這麼令人不舒服的胎記，讓他們難過。

當時的我，為什麼對於和初鹿野之間關係的進展抱持如此慎重的態度呢？現在回想起來，我多半是不希望兩人間某種令人自在的心電感應是源自密切的關係。說穿了，我

希望把我們的關係定義為「明明關係不親密卻能理解彼此」，而非「因為關係親密所以我們才能理解彼此」。我們兩人的距離越遠，越能強烈感受到把我們連繫在一起的那條絲線。

雖然說不出有什麼明顯的改變，但睽違四年再次來到的初鹿野家，卻給我一種陌生的印象。整體都有褪色跡象的木造日式住宅雖然維護得很周到，但仍逃不過經年累月的風化，四處都有損壞的痕跡。

我懷著與當時相差十萬八千里的沉重心情按響門鈴，接著整理好上衣衣領，等待有人來開門，但一直沒等到任何回應。我再次按了門鈴，靠在柱子上等待。

門鈴旁掛著門牌，以莊嚴肅穆的字體寫上全家人的姓名。庭院最前面的一棵格外高大的樹似乎是蟬最中意的地方，從樹上灑下的蟬鳴聲幾乎足以撼動樹幹。我想到下著豪雨的那一天，也許那些蟬就是在這棵樹上躲雨。我差點忍不住伸手去拿書包裡的香菸，但誰也不能保證初鹿野的母親不會在我剛點著菸時就出來。我站在幾乎灼燒皮膚的強烈陽光下，耐著性子等人來應門。

過一會兒，我聽見有人慢慢走下樓梯的聲響，打開門探出頭來的是一名年約二十歲

出頭的女子，一頭波浪捲的咖啡色頭髮髮質非常差，皮膚也因為化妝而受損，上衣皺巴巴的，全身上下都給人一種不乾淨的感覺。我想像了一下這位穿著居家服的女子與初鹿野之間的關係，懷疑她是初鹿野的朋友，但立刻又想起門牌上的名字。這名女子多半是初鹿野的姊姊吧。

她揉著眼睛，以還想睡的嗓音問：「有什麼事？」

「請問唯同學在家嗎？」我問。

「誰知道呢，大概在吧？」她打了個大大的呵欠後，湊過來打量我的臉。「你是唯的男朋友嗎？」

「不是。」我明白地否認。

「不然是跟蹤狂？」

「只是普通朋友。我們讀同一間國小。」

「朋友……是吧？」

她以嘲弄的語氣這麼說，伸手在睡得頭髮翹起的後腦杓上用力搔了搔。

「假設你真的是她朋友，那你更不應該見到現在的她。我不知道該怎麼解釋才好，但總之這裡已經沒有你所認識的初鹿野唯。」

「是的，我明白。」我點點頭。「但我還是有事情想找唯同學問清楚，所以才會登門拜訪。」

「你在這裡等著，我去幫你傳話。」

「我想直接問她本人。如果方便，可以請妳轉告她『深町陽介來了』嗎？」

她大幅度搖搖頭說：「她現在似乎誰也不想見。」

「這我也明白。但我想見她的程度，超出她不想見我的程度。」

一陣漫長的沉默。她的眼神讓我看得出她在打量我。

「也好。」她哼了一聲。「我們也真有點受不了她了。你叫陽介是吧？如果有什麼你做得到的事情，儘管放手去試。雖然我想八成是沒用。」

「謝謝妳。」

我對她道謝後，再度看向門牌。「唯」的名字上面有個名字是「綾」，那名女性的名字似乎是「初鹿野綾」。

「我一直在睡，畢竟我很久沒放假了。」

綾姊走在前面，對她平日白天就在家睡覺的情形做出辯解。

「我有將近半個月都在研究室裡過夜，直到昨晚才總算告一段落，還以為這下子能放心地睡一覺，結果你就跑來按門鈴，害我整個人都醒了。」

「對不起。」我先道歉再說。

「明明等到假日再來就好，你連這幾天都不能等嗎？」

「不能。」

她忽然把臉湊到我胸前嗅了嗅。「你是不是有點菸味？你不是高中生嗎？」

「我爸媽都抽菸，我想應該是菸味沾到我身上。」

「算了，我沒打算針對你個人的問題說三道四啦。」

我們爬上樓梯來到一個房間前，綾姊停下腳步。

「這裡就是唯的房間。」她說。「你不會現在才說要回去吧？」

「當然。」

綾姊粗暴地敲了敲初鹿野的房門。

「唯，妳在吧？」

沒有回應。

「情況特殊，我非得打開妳的房門不可。」綾姊一再敲門。「我從現在開始計時一

分鐘，等我數完，無論如何都要開門。這不是嚇唬妳，我真的會開門。知道了嗎？」

還是沒有回應，綾姊用房間裡的人也聽得見的音量啐了一聲。

「似乎是裝作沒聽見。她對全家人都是這樣。」

初鹿野竟然會不理睬家人，我一時間還真難以想像。儘管從昨晚的重逢，就讓我充分體認到她已經變了樣，但如今重新從她的家人口中聽聞現況，讓我不得不承認初鹿野真的變了。當初有誰會料到初鹿野竟然會變成家裡的麻煩人物？

我用手錶正確地計時，結果綾姊在五十二秒時就說「我進去了」然後打開房門。我傻眼地心想她的態度真強硬，同時跟了進去。依她的作風，即使房門上了鎖，她肯定也會硬撬開來。

房裡暗得一點都不像是白天，是個非常悶熱、令人不舒服的空間。窗簾全都拉上，房裡也沒開燈，但從打開的房門斜斜照射進來的光線照亮了室內。這是一間以花樣年華的女生房間而言十分罕見的和室，還聞得到淡淡的藺草香氣。

初鹿野背對我躺在被窩裡，灰色襯衣下露出纖瘦的肩膀，白嫩的大腿從薄薄的棉質短褲延伸出來，亮麗的黑髮灑在白色床單上，描繪出平緩的曲線。光是看她的背影，就讓我看出她在四年前就彷彿已經達到極致的美，之後仍無視極限，持續變得更加精

練——只有一個地方例外。

房門在我背後關上，回頭一看才知道綾姊讓我們兩個人獨處。她機靈得過頭了。

「有什麼事？」初鹿野以為進房的是綾姊，背對著我這麼說。

「是我。」

一陣漫長的沉默。

大白天待在陽光被遮住的房間裡，讓我想起國小時舉辦過的電影放映會。我們在拉上黑布幕的體育館裡看的那齣電影，內容我早已忘得精光，但即使是無聲的場面仍始終有著沙沙作響的噪音，這點讓我印象格外深刻。當電影播完，黑布幕拉開，陽光從窗戶照射進來時，本來十分熟悉的肋木、籃球架、攔球網、夾在天花板上的排球等等，都讓我覺得好像是第一次看到。就好像黑暗與膠卷勾結，塗改了整個空間的意義。

本來單調的蟬鳴聲，發出「嘰」一聲卡住似的聲響，暫時停止不叫。初鹿野慵懶地翻身，彷彿覺得耀眼似地仰望我。隨著翻身的動作，她一頭柔順的頭髮灑落到臉上，襯衣的肩帶也滑下來，但她全不放在心上。

儘管因為光線昏暗讓我看不清楚，但她臉上依然有胎記沒錯。

初鹿野以緩慢的動作起身，踩著病患般搖搖晃晃的腳步走來，直到幾乎感受得到彼

此體溫的極近距離才停下腳步。

她慢慢伸出手，摸了摸我的臉頰。纖細的手指十分冰涼，在臉頰到眼睛下方之間的區塊來回撫摸。她一再搓揉我的臉，彷彿在找某種不存在於那裡的事物。也許她覺得只要這樣一直搓揉下去，面具就會被搓掉，讓那片熟悉的胎記出現在我臉上。起初她只是輕輕撫摸，但手指漸漸地越來越用力。

忽然間，我臉頰上竄過一陣滾燙的感覺。我很快知道是她用指甲抓了一把，疼痛讓我的表情扭曲，初鹿野立刻回過神來縮回手，退開幾步跌坐在榻榻米上。自窗簾縫隙間照射進來的光線，照亮了她沒有胎記的那一側臉頰，我看見她眼角下有一顆淚痣。

我聽見啜泣聲。只見初鹿野張腿跪坐著低下頭，壓低聲音哭泣。看樣子她哭泣並不是因為傷害我而產生罪惡感。

我耐心地等她哭完，怎麼想都不覺得有其他更好的做法。我用指尖摸了摸被她抓傷的部分，發現傷口微微滲血。由於室內實在太悶熱，我便在未拉開窗簾的狀態下打開窗戶。我明白初鹿野喜歡陰暗的心情。就像我以前曾在大雨中覺得有所依靠，相信她也在陰暗中找到這種依靠。

一陣涼風吹進來，吹得窗簾鼓起，書桌上厚厚的筆記本也被吹得翻開頁面。初鹿野

站起來闔上被風掀開的筆記本，塞進抽屜裡，然後翻找著最下層的抽屜，拿出一樣東西再度走回我面前。我心想不知道她這次要做什麼而緊張起來，但她手上拿的是ＯＫ繃。初鹿野小心翼翼地把ＯＫ繃貼到我的傷口上，小聲對我道歉：「對不起。」

我覺得她現在應該肯聽我說話。

「我聽說妳之所以請假，是因為不想去有我在的教室。是真的嗎？」

「是真的。」她回答。看來她哭過一陣子之後，心情已經穩定下來。「既然你知道，事情就簡單了。我連你的臉都不想看到，你回去吧。」

雖說早有覺悟，但親耳聽到她說出拒絕的話語，我還是感到一陣心痛。

「可以至少告訴我理由嗎？」

「沒有理由。你沒有錯，只是我討厭你。」

她的口氣極為冷漠，我追問下去：

「妳昨天晚上為什麼想做那種事？」

她不回答這個問題。

「是因為『那個』嗎？」我問。

「你不必知道。」初鹿野回答。「……你的胎記治好真是太好了。那麼，再見。」

她說最後那句話的口氣並未帶刺，但我仍然覺得胸口微微刺痛。換成是以前的她，絕對不會用「治好」這種說法。

我背對初鹿野要走出房間，但打開房門往外踏出一步時，又回過頭來提出最後一個問題：「初鹿野，妳還記得我們國小的時候，妳對我的胎記說過什麼嗎？」

初鹿野緩緩搖頭。

「不記得。」

最神聖的記憶遭到否定，讓我心灰意冷，逃命似地離開她的房間。等在外面的綾姊以眼神問我：「怎麼樣？」我無力地搖搖頭。見狀，她露出「所以我不是說了嗎？」的表情聳聳肩。

*

我和綾姊坐在簷廊上，並肩抽著菸。

「她的胎記很嚴重吧？」綾姊說。「那是在她國中二年級的冬天突然長出來的。就是那塊胎記讓唯整個人變了。記得是在國中三年級的夏天吧？從那個時候起，她突然開

始會無故不去上學。雖然勉強湊足了出席天數，最後總算是能畢業，但她考到的高中似乎比她的第一志願要低一階，真的是向下沉淪。這也證明人的容貌有多重要啊。」

國中二年級的冬天……我在腦海中複誦這句話。即使電話中的女人從當時就知道未來的我會參加賭局（又或者她能回到過去收取賭局的抵押品），以將胎記種到初鹿野臉上的時間而言，一年半前未免太早。我覺得胎記是從自己臉上轉移到她臉上的想法，也許是想太多了。

「你最好別再跟她扯上關係。」綾姊把香菸塞進蚊香罐。「你們以前也許是好朋友，但她現在跟行屍走肉沒兩樣，再跟她見面只會毀掉你的回憶而已。」

她要我抽完這根菸就回去，然後就離開了。我又抽了一根菸後，把菸蒂丟進罐子裡，輕輕摸了摸臉頰上的ＯＫ繃，接著便離開初鹿野家。

在回家的路上，我聽見住宅區角落的電話亭傳來鈴聲。我已經不會感到吃驚，直接走進電話亭拿起話筒。

「喂？」

『好，正式見過初鹿野同學後，你有什麼感想呢？』女子說。『你能夠去愛現在這個醜陋的初鹿野嗎？』

我用甩的把話筒重重放回原位，走出電話亭。我能夠去愛現在這個醜陋的初鹿野嗎？我心想，當然能了，我又不是因為她的容貌完美才喜歡上她。問題不是我能不能去愛有胎記的她，而是她能不能愛沒有胎記的我。

鎮上的喇叭播出〈人魚之歌〉的鈴聲，告知現在時刻是下午五點，但距離能看到晚霞大概還有一小時以上。大群烏鴉飛過杉樹林上方，暮蟬發出清新的鳴叫聲。附近的兒童保護會成員拍響響板，呼籲居民小心火燭。

仔細想想，過去的情形才是異常的吧。我之所以能和初鹿野親近，是許許多多的巧合累積而成的結果，本來她這樣冷淡對待我才是理所當然。像我這樣的人竟然想去安慰初鹿野，未免太看得起自己；何況我還想將她占為己有，更是不知天高地厚。

看來被初鹿野拒絕對我造成非常大的打擊。我覺得自己是個無可救藥、沒有出息的人。先前閃閃發光的過去褪了色，甚至讓我懷疑那會不會只是自己一廂情願的想法，或許我對初鹿野而言，本來就是個不值一提的朋友。

我完全喪失自信，已經開始放棄贏得賭局——ＯＫ，我知道妳想說什麼。我的夢想不會只因為少了胎記就實現，事情沒有這麼簡單。這場賭局我從一開始就沒有勝算，妳

是明知道這一點還找我來參加吧？

但只要厚起臉皮、換個想法，就會發現我雖然痛切體認到自身的無力，卻也可以說是得到一個很大的機會。目前我在學校的立場不算太差，只要趁現在先和千草與永洞這些班上同學建立起堅定的信賴關係，即使胎記變回來，也許我仍然能和他們維持同樣的關係。沒錯，胎記消失的現在是個絕佳的好機會。

那女人說期限是八月三十一日，也就是說，我還剩下一個月以上的緩衝時間。她給我的時間還算充足。

我開始夢想著千草與永洞仍願意接納胎記恢復的我，夢想著忘了胎記的存在，和班上同學們相視歡笑的自己。

相信那樣的未來一定也不壞。

*

我的想法太天真了。電話中的女人在講解賭局時，多半是有意地漏了提到一件非常重要的事。她完全沒有提及我賭輸時必須支付的代價。她知道要是她說清楚了，我就不

會參加賭局。

想想人魚的故事吧。不是吾子濱的人魚傳說，也不是八百比丘尼傳說，而是漢斯．克里斯汀．安徒生的童話。

安徒生的一生充滿挫折與失戀，尤其早期的作品當中更有著強烈的悲劇傾向，往往以主角的死亡來收場，《人魚公主》就是個典型的例子。當年安徒生的才能得不到肯定，生活也窮困到極點，看在這樣的他眼裡，即使覺得死亡才是唯一的解脫也沒有什麼好不可思議的，相信他就是把這種厭世的美學反映到作品當中。

根據我的記憶，《人魚公主》的故事是這樣開始的。

人魚公主在十五歲的生日那天，第一次來到海面上，結果喜歡上一位船上的王子。人魚不能在人類面前現身，但人魚公主無法割捨這段戀情，於是她去拜託女巫，拿她美妙的嗓音來換人類的姿態。女巫警告她說：「一旦王子和其他女子結婚，到時候妳就會化為海中的泡沫消失。」

我所陷入的狀況不就是這樣嗎？

童話《人魚公主》的結局是如何？

不用說也知道。

第4章　看星星的人

在暑假開始前的這幾天，我把賭局拋諸腦後，專心讓自己活得像個高中生。從某個角度來說，這是一件很簡單的工作。我過去對那些傢伙厭惡之餘，心中卻又懷抱著嚮往，現在只要模仿他們即可。就像學一種與母語差異越大的語言，越容易意識到文法的存在，我對於他們之間的不成文規則，遠比對自己所屬集團的不成文規則知道得更多。

我開始和千草、永洵以及他們的朋友們一起行動，轉眼間就習慣並融入班上。讓我確信自己的人生已和以往完全不一樣的契機，則是在暑假前的最後幾天所舉辦的球類大賽。報名時還無法確定比賽當天是否已經出院的我，是被登記為壘球賽的候補選手。

我上場的機會在第一場比賽中突然來臨。當我在第四局上半擔任代打而站上打擊區時，觀眾席突然熱鬧起來。我想知道發生什麼事而轉頭一看，發現這些嬌聲加油的聲浪似乎是針對我而來。尤其是已經輸掉比賽而回來的班上女生排球選手更是活力充沛，還齊聲呼喊我的名字，搞得我在打第一球時用力地揮棒落空，但加油聲變得更大。

我放過第二球的壞球不打，找回了幾分冷靜。第三球太在乎要投進好球帶，反被我揮出的球棒擊中球心，白球被藍天吸了過去。我想起國中時代假裝身體不舒服而從學校

早退後，常跑去鎮上唯一的打擊練習場，和那些壞朋友賭些小東西。我事不關己地心想，當時的經驗可說是第一次發揮了作用。

我在二壘悠哉地停下腳步，回頭朝觀眾席上一瞥。我明明不是第一個打出長打的人，觀眾席上卻掀起了彷彿我擊出勝利打點似的歡呼。連我從來不曾說過話的女生，都喊著我的名字揮手。

看來深町陽介這個人相當受到這個班級歡迎。

結果，我們的奮鬥落空，一年三班在所有球類比賽都是打到第二場就退敗，直到閉幕典禮都無事可做。班上有一半學生跑去看其他班級的比賽，其他人則留在教室，享受著這場慶典的氣氛，聊得十分熱絡。

我也和永洄天南地北地閒聊時，有一群在比賽中為我加油的女生互相頂來頂去地跑來，對我問起各式各樣的問題，例如我住在哪裡、有沒有兄弟姊妹、為什麼整整住院三個月、功課要不要緊、參加哪個社團、有沒有女朋友等等。每次我都不知該如何回答而向永洄求助，但他都說「被問的是你啊」，不肯幫我解圍。

人潮散去後，之前待在人群外的千草來到我身旁坐下，對我問起和先前那些女同學一模一樣的問題，我只得把幾分鐘前回覆的答案複述一次。等千草離開後，我問永洄：

「我們的美渚小姐到底想做什麼？」結果他給了一個我有聽沒有懂的回答：「誰知道呢？也許是想確定這些問題由她來問，答案是不是也一樣吧。」

就這樣，我一步步追回三個月份的落後。我還訂了暑假計畫，例如答應要陪千草練習「美渚夏祭」的朗讀，也和永洞他們約好要去海邊玩，簡直像在訂立別人的暑假計畫。初鹿野仍持續缺席，我右前方的座位始終空著，但我特意將空位激起的種種聯想從腦海中揮開。所幸在我開始上學的第二天後，笠井就不曾再找我去問話，我也不曾再聽見公共電話的鈴聲。

七月十八日，結業典禮結束，暑假終於開始。我的心情萬里無雲，因為這個暑假是我成功做完該做的事情之後才迎來的假期。雖然不太能說我已經盡力，但相信就我而言，已算是做得很不錯了。

當然，我內心深處有另一個自己，對這場太過極端的逆轉大戲發出冷笑。無論是個性或能力，我應該從十四歲之後就沒什麼改變，但胎記一消失便被吹捧成這樣，不免讓人覺得到頭來人還是全得靠外貌。但換個角度來看，也可以當作是每天只顧著念書的住院生活，讓我的個性在無自覺的情形下有所改善，或者有可能純粹是這間高中的學生跟我很合得來。我得出的結論是，等胎記恢復之後再來悲觀也不遲。

＊

暑假的頭兩天，我盡情享受了久違的獨處時間。就像對音樂家而言，聽音樂的時間和不聽音樂的時間有著一樣重要的意義；對我而言，獨處的時間也和與別人一起度過的時間有著一樣重要的意義，甚至還更加重要。我決定把這兩天用來培養對人群的想念。

我一大早搭上下行列車（註3），但沒有決定要在哪一站下車，只是專心看著窗外流過的風景。每過一站，乘客人數就漸漸減少，年齡層漸漸上升，聽得見的方言腔調越來越重。最後，車廂裡只剩下我和兩名講話我完全聽不懂的老人。他們下車後，我也在下一站下了車。

我看了看車站前的導覽板，知道這座小鎮是條溫泉街。我在多處溫泉中挑了規模最小、費用最便宜的一間進去，大廳裡只有一台電源沒打開的夾娃娃機以及一處小小的商店。小型的露天浴池中沒有別人，我在裡頭悠哉地泡了一個小時。鳥、蟬、水聲、藍天

註3：由東京開往其他縣市的列車稱為下行列車。

與積雨雲——除此之外什麼都沒有。

轉眼間，兩天就這麼過去了。隔天我計畫要和永洞他們去海水浴場，這是暑假最大的樂趣之一。雖然我從以前就幾乎每天都會去看海，但從不曾和好幾個朋友一起去過海水浴場。再下週我則答應要陪千草練習「美渚夏祭」的朗讀。接下來的時間我尚未排定行程，但光是這兩件事，就足以和我國中時代整整三年的暑假所獲得的樂趣匹敵。

我想，我完全得意忘形了。

這天晚上，當家中的電話響起，我腦中浮現的是千草的臉孔。結業典禮結束的那一天，她跟我分開時，在我耳邊輕聲唸出一串數字。那是她家的電話號碼。

「因為誰也不能保證不會有急事要聯絡……」

她這麼說，然後問了我的電話號碼，所以我一直在期待她哪天會打電話來。

我完全放下戒心，所以從話筒聽到那女人的聲音時，彷彿遭人用鈍器在後腦杓敲了一下，受到極大的衝擊。換成是以前的我，根本不可能發生這樣的失誤。我自認隨時都設下防線，讓自己能夠承受來自任何角度的心理層面上的打擊，但這幾週平靜的生活，似乎讓我的防線完全鬆懈下來。

『好久不見。』她說話的聲調很響亮，如果不知情，幾乎會誤以為是哪家客服打來

的電話。『不是班上女生打來的電話，是不是讓你大失所望？』

「沒有，我早就料到妳差不多該打電話來了。」我嘴硬地不肯承認。

『是嗎？』她嘻嘻笑了幾聲。『最近過得如何？和初鹿野同學處得好嗎？』

「妳明明掌握了我的所有現況還故意這麼問吧？」

『我是想知道你自己如何看待現況。』

我握著話筒的手加重了力道。

「就跟妳知道的一樣，初鹿野喜歡上我的可能性連萬分之一都不到。即使我腦袋遲鈍，也總算明白了這一點。妳從一開始找我打賭時，就已知道我沒有勝算。」

『冤枉啊，我自認為已盡可能讓這場賭局公平了。』

「妳要怎麼說都無所謂。順便告訴妳，我不打算放棄賭局。雖然我沒有勝算，但我不會白白輸掉這場賭局，而是要在期限內盡可能地利用這個狀況。」

『是，我明白。在賭局結束前的日子你要怎麼過，都是你的自由。』她並未顯得不悅，淡淡地這麼說。『趁現在多嘗點甜頭，也是一種很好的選擇。』

她的說法讓我覺得事有蹊蹺，但我尚未把這種不對勁的感覺化為明確的言語，她就轉換了話題。

『對了，說來非常過意不去，但我有一件事忘記跟你說明。』

「是『第二件事』吧？」我訂正。「妳忘了說明的事情還真多，這是哪門子公平的賭局？」

她完全不在意，繼續說道：『是有關賭局的參加費用。』

「參加費用？」

『請你想像一下撲克牌遊戲。』她舉例說道，『關於你贏得賭局後可以得到的東西，我已經說明過了；然而關於你輸掉時要失去的東西，我還沒跟你說。我去掉你的胎記不是為了做慈善。我付出這些勞力，說起來就像是為了參加賭局所付出的費用。然後說老實話，你要付出的參加費用，我也已經收下了。』

「我可不記得。」我搖搖頭。「妳從我身上搶走什麼？」

『一點點靈魂。』

這個不常聽到的字眼，讓我稍稍晚了一步才聽懂。

靈魂？

她一句接著一句說下去：

『再進一步補充說明，我現在還只跟你收取參加賭局的費用而已，這和我加注的賭

金是兩回事。說起來，加注的籌碼已經押在賭桌上。但如果你輸了，這些籌碼就通通歸我所有。』

「那會怎麼樣？」

『你知道漢斯·克里斯汀·安徒生的《人魚公主》吧？』

「《人魚公主》……」

我並未詢問這和我輸了這場賭局的損失有什麼關係。

也因為生在這個熟悉人魚題材的鎮上，讓我得以瞬間聽懂她的意思。

人魚公主雖然得到人類的外表，卻沒能和王子結婚。最後她有什麼下場？

她變成泡沫消失。

『祈禱你有好表現。』

然後她一如往常，唐突地掛斷電話。

就這樣，我總算明白自己所處的立場。

我就是在這個時候，才注意到心中的優先順序已經變了。

坦白說吧，當我不得不再度面對初鹿野的問題時，最先想到的是：「虧我正要和永洞還有千草培養感情，竟然跑來礙事。」

沒錯，初鹿野是我當初參加這場賭局的目的，但這時候，我已經想疏遠她了。坦白說，我不想再為了初鹿野煩惱，已經受夠了。

以前我是喜歡初鹿野哪一點？說不定只要是對我好的人，不管是誰我都會喜歡。現在也一樣，我不就漸漸受到名為「荻上千草」的女生所吸引嗎？我豈不是已經覺得，要是有空去追初鹿野，還不如把時間用來和永洞還有他那群朋友一起玩耍。

如果要為自己辯護，那是因為我這輩子第一次受到人們吹捧，腦子裡一團亂，變得無法認清事物的重要性，因而犯下錯誤。這種念頭愚蠢得就像為了解決指尖的疼痛，便把整個手腕切斷。也不想想我當初之所以會想成為一個像樣的人，就是想成為一個配得上初鹿野的男人。不知不覺間，手段卻變成目的，我迷失了最重要的事物。

儘管處於混亂狀態，我的雙腳仍然走向初鹿野家。我的確想和永洞他們建立交情，但要是死掉，有再多交情也沒用。我沒有選擇，除了得到初鹿野的愛以外，別無活命的方法。

時間已經過了晚上八點，我走過橋時，一輛兩節車廂的列車從底下通過。列車開遠後，有一陣短暫的寂靜降臨，但隨著耳朵漸漸習慣寂靜，又逐漸聽得見蟲鳴聲。

我沒有任何像樣的策略。我覺得無論是誰，都不可能打動現在的初鹿野，她已經完全封閉自我。她躲進殼裡，拒絕一切溝通；對人生絕望，甚至還上吊。現在的我，又能對這樣的她說出什麼？

真要說起來，重要的不是說出什麼話，而是話是誰說的。國小時代的我之所以會從「我覺得深町同學臉上的胎記很棒」這句話中得到慰藉，是因為說這句話的不是別人，而是初鹿野。即使別人對我說出一樣的話，相信聽在我耳裡，也只會覺得是安慰人的話語。就是因為出自沒有必要討好他人或取悅他人的初鹿野之口，那句話才有真實性。這個世界上，至少有一個人不覺得我的胎記噁心——她讓我相信了這件事。

我有辦法做到同樣的事情嗎？即使我說「我覺得初鹿野臉上的胎記很棒」，也實在無法指望能發揮什麼效果。更根本的問題是，我真心覺得她臉上的胎記很棒嗎？那天晚上，我看到初鹿野被月光照亮的臉時，覺得重要的事物被玷汙而顫抖是不爭的事實。最重要的是，我自己不就為了臉上的胎記消失而欣喜？去掉胎記以後，首次得到充實人生的我，如何能肯定初鹿野的胎記？

這是死胡同。前往初鹿野家，就像是主動去接受死刑宣判。即使能夠見上她一面，多半也只是再次確定初鹿野是多麼討厭我這個人。回憶將被塗上汙泥，我將會失望，切身體認到我已經永遠失去我最喜歡的女生。

腳步很沉重，每走一步，步伐都縮得更小。即使如此，只要我一直走下去，無論要花多少時間，總有一天會抵達目的地。當我站到初鹿野家的門前時，是抱持豁出去的心情按下門鈴。我並未擬訂任何策略，完全沒想過如果是初鹿野的雙親出來應門該捏造什麼藉口才好，也沒想過如果對方隔著門鍊對我說「你不要再來了」該怎麼辦。我只覺得，管他去。

出現在玄關的是初鹿野的姊姊，綾姊。

「哦，是你啊？」看來她記得我。「這麼晚了，你來做什麼？」

「我想跟唯同學說話，所以又來了。」

「我不是說過，你最好別再跟她扯上關係嗎？」

「綾姊。」我二話不說就打出王牌。「妳知道唯同學曾經試圖自殺嗎？」

綾姊的表情並未改變，但這反而述說出她的動搖。

過一會兒，從動搖中恢復的她，嘴硬地說道：

「我知道啊。可是，那又怎麼樣？」

她關上身後的門，在右邊口袋裡翻找一番，然後又翻了翻另一邊的口袋，拿出皺巴巴的菸抽了起來。這根菸有著強烈得刺鼻的薄荷氣味。

「坦白說，管她是不上學還是要自殺，我都懶得管。如果她不想上學，大可以不要去；如果想死，就儘管去死。」

「……妳明明不是真心這麼想吧？」

「其實我還挺認真的。你叫深町陽介是吧？你有太過優秀的兄弟姊妹嗎？」

「沒有。」我搖搖頭。

「有那樣的妹妹，坦白說啊，真的會讓人想死。背地裡被人說：『妹妹明明那麼漂亮，姊姊卻挺平凡的啊。』這種壞話，我不知道已聽過幾百次。被人苦笑著說：『姊妹？是喔？一點都不像呢。』這樣的情形也不稀奇。親戚全都只疼她，對我連看都不看一眼……可是，隨著歲月過去，我漸漸不在乎其他人怎麼看我了，慢慢能夠厚起臉皮，覺得他們愛怎麼想就隨他們去想吧。」

綾姊望向遠方，把蓄積在肺裡的煙呼出來。

「就算是這樣，我還是永遠會拿妹妹的人生來和自己的人生做比較。我卯足全力想

抓住一個男人時，已經有十個男人想追她。偶爾有長得帥的男性來找我說話，第二句卻是『介紹妳妹妹給我認識嘛』。我拚命念書才考上的高中，她卻拿來當備胎。這種情形你怎麼想？即使對方沒有惡意，正常人還是會希望她從眼前消失吧？」

「……可是，就算是這樣，」我努力說下去。「難道妳要說，就算妳的親生妹妹自殺，妳也無所謂？」

「無所謂，我一定會覺得清靜多了。」她毫不猶豫地立刻回答。「所以呢，讓你大老遠跑來，這麼說實在不好意思，但可以請你回去嗎？」

綾姊踩熄了香菸後，背對默默瞪著她的我，手伸向門把。

「最重要的是，你能做什麼？」她回頭說。「之前我讓你見她，你不就無能為力嗎？你只是來打亂她的心情，然後就回去了。可是，你還學不乖，又找上門來，那應該表示你手上有什麼王牌吧？」

綾姊看到我陷入沉默，露出了冷笑。

門在我眼前關上。

我背靠在石牆上，仰望七月的夜空。儘管路燈就在身邊，卻看得見幾十顆星星。斜

對面的住家依稀傳來電視節目的聲音，更有燉煮咖哩的氣味不知道從哪裡飄來。

我轉過上身，抬頭看向二樓窗戶。初鹿野的房間沒開燈，不知道她是已經睡了，還是在一片漆黑的房裡瞪著空中？多半是後者吧。雖然沒有根據，但我就是這麼覺得。

我感到全身虛脫，好一陣子站不起來。我閉上眼睛，聽著夏天的蟲鳴，全身籠罩在一股舒暢的疲勞感中。

我打著瞌睡，一週前的光景忽然從眼瞼底下復甦。漆黑的房間、從開著沒關的門照進的光、摸著我臉頰的初鹿野、初鹿野被窗簾縫隙間的光照亮的臉、以張腿跪坐的姿勢哭泣的初鹿野、被抓傷的傷口流下的血……

我在這裡把畫面按停，往回倒轉幾秒鐘。

總覺得事有蹊蹺。

有個地方不太對勁，就像是整個管弦樂團裡只有一件樂器沒有調音好那樣，那是只有極為敏銳的人才不會忽略的小小不對勁。

我仔細傾聽。

真的只有臉上的胎記不一樣嗎？除此之外都沒有什麼地方奇怪嗎？我在國小時代，多少次趁著她看向旁邊的空檔，看著她的身影看得出神，深深烙印在腦海中的模樣與她

現在的模樣之間，是否有著無法只用「成長」來解釋的改變？

當我完成找錯遊戲的那一瞬間，差點忍不住叫出聲音來。

她的眼角有一顆淚痣。

我讀過相當多與皮膚有關的書籍，所以知道後天長出痣的情形絕不算稀奇。然而她的那顆痣出現在眼角，我就不能只用「巧合」兩字帶過。畢竟對於某個時期的我和初鹿野來說，淚痣是有著某種特殊意義的標誌。

我回想起四年前的某一天，我和她之間的一段對話。

「你的傷好嚴重。」

初鹿野看著我膝蓋上的擦傷這麼說。她說得並不誇張，實際上傷口真的很嚴重。這是我和一個嘲笑我胎記的國中生打架時，被人從背後推倒而跌出的傷。

「不會痛嗎？」

「會啊。」

「那你就應該表現出更痛的樣子。」

「如果這樣能讓傷早點好，我是會這麼做啦。」

初鹿野蹲下來，仔細看著我的膝蓋。她明明沒碰，我卻覺得癢癢的，於是說：「妳不要一直盯著看。」

初鹿野站起來，看著我的眼睛。

「陽介同學，你不管多難受，都不會表現在臉上呢。」

「不行嗎？」

「不行啦。」她踮起腳尖，輕輕摸了摸我的頭。「一旦養成這種習慣，到時候就算真的遇到自己根本解決不了的困難，可能也不敢向其他人求助。」

「這樣就好了。」

「不行，不可以。」

初鹿野搖搖頭，手放到我的雙肩上。

「所以，當你真的遇到困難，可是又實在不好意思求助的時候，就給個信號吧。你覺得這樣如何？」

「信號？」

初鹿野從鉛筆盒拿出油性筆，對我說「不要動」，然後在我的眼角點了個黑點。

「這是？」我問。

「淚痣。」初鹿野說著收起筆。「你需要幫助的時候，就在眼角下面點一顆痣。只要我看到，就算你什麼都不說，我也會馬上去幫你。」

「原來如此，是求救信號啊？」我搓了搓眼角，露出苦笑。

當時我只覺得這是個玩笑，後來我們之間再也未提到淚痣的話題，而且我不曾實際使用過這個信號，所以，我完全忘了有過這麼一回事。

當然，初鹿野的淚痣也有可能不是用筆畫的，而是後天長出來的痣。也許一切都是我一廂情願的誤會，她早就不記得四年前這個沒什麼大不了的玩笑。

不過，現在即使是這樣也無所謂，哪怕是誤會也足夠了。無論初鹿野是有意還是無意，她就是在求救，而且還用了只有我看得懂的信號，用了我們在精神連繫上最為緊密的那個時候想出來的方法。現在的我有權這麼認定。

先前的絕望已經煙消雲散，我覺得自己還能再努力一會兒。

隔天早上，我被綾姊搖醒。

「你該不會整晚都待在這裡吧？」她露出極為傻眼的表情這麼說。

「似乎是。」
「你白痴啊？」
「似乎是。」
由於睡在道路上，我全身關節都發出哀號，但不可思議的是，我的心情卻是晴空萬里。我站起來伸了伸懶腰，聽見早晨的風搖響枝葉的聲音與小鳥的叫聲。現在大概是早上六點左右，空氣中尚未蘊含沉重的熱氣，淡淡的溫暖讓皮膚覺得很舒服。
「我在等妳。因為我覺得要接近唯同學，拉攏綾姊是最快的方法。」
「你還沒死心嗎？」綾姊皺起眉頭。
「是啊，唯同學需要我。」
「哼～？那很好啊。」她抓住我的肩膀把我推開。「再見，我趕時間。」
「慢走，我在這裡等妳回來。」
綾姊瞪著我說：「你啊……」但說到一半，看到我未撇開視線，又把後面的話吞回去。過一會兒，她死心似地嘆一口氣。
「我的睡眠不足，而且這情況還在持續。」綾姊指了指她沒有血色的眼角。「如果要問為什麼，是因為每天晚上兩點左右，後門就會傳來窸窸窣窣的聲響。看樣子她似乎

每天晚上都會溜出家門，不知道跑去哪裡。」

「兩點？是深夜兩點沒錯吧？」

「對。我不知道也沒有興趣知道她去哪裡，但對你來說，如果能知道她去哪裡，也許可以當作理解她的線索。」

我對說完這句話就要離開的她深深一鞠躬。

「謝謝妳，綾姊。」

「你也真傻，乖乖去找別的女人不就好了？」她的手放到我頭上，把我的頭髮亂搔一通。「那我走啦，小陽。」

綾姊甩動一頭髮根已經長出黑髮的咖啡色頭髮離開後，我打了個大大的呵欠。我終究不能在這裡等到深夜兩點，心想還是先回家好好睡一覺再說。

我舉步走向自己家。走在早晨的空氣中，自然而然會挺直腰桿。一群脖子上掛著廣播體操蓋印卡的小朋友從我身旁跑過，水草在渠道清澈的水中搖曳。防災無線電播放著區內廣播，但破音太嚴重，我一句話也聽不懂。一直都是這樣，相信即使世界末日來臨，廣播一樣會用誰也聽不懂的聲音，告知世界末日的到來。

家裡只有媽媽一個人在吃早餐，爸爸已經去上班。媽媽問我跑去哪裡，我撒謊說：

「去散步啊，因為我莫名其妙大清早就醒了。」她似乎接受了這個答案。我吃了最低限度的早餐後，沖個澡換上乾的衣服，睡了五個小時左右。

我在正午醒來，打了通電話給永洞。

「雖然之前說好今天下午要去海水浴場，可是我臨時有事。不好意思，你們五個人去玩吧。」

『好遺憾啊，大家都很期待你來呢。』永洞對我突然的聯絡並不生氣，很乾脆地答應了。『晚來也沒關係，如果你能來的話，就打個電話給我。』

「好。不好意思都要成行了才說。」

我放下話筒，面向書桌，開始做暑假作業的課題。哪怕生命的終結已近在眼前，只要不是極為確定，我們還是不能拋下日常的義務。真是離譜的事。

太陽下山後，我下樓去客廳吃晚餐。我坐在媽媽對面，吃著因為放了太多高麗菜而幾乎沒有味道的炒麵。電視正在轉播棒球比賽，但我和媽媽都沒有支持的球隊，除非守備的一方表現得格外出色，否則基本上是為攻擊方加油。

「不知道那些會支持特定球隊的人，是為什麼會喜歡那些球隊？」媽媽邊把燒酒往茶杯裡倒，邊這麼說。「總不會是球隊裡有認識的人吧？」

「因為球隊的本部很近、因為有喜歡的球員、因為是這輩子第一次到現場看比賽的球隊、單純因為很強又或者因為很弱，理由應該有很多種吧？」

「原來如此，真有意思。」媽媽似乎對我的回答感到佩服。「簡直就像談戀愛的理由一樣。因為家住得近、因為有喜歡的因素、因為是這輩子第一次親眼看到的女生、因為靠得住又或者是因為讓人沒辦法丟下她不管……」

「這輩子第一次親眼看到的女生，這理由有點莫名其妙啊？」

「會嗎？我倒是覺得很有說服力。」媽媽得意地提出自己的主張。「也就是說，他是在認識這個女生的瞬間，才覺得這輩子第一次見到了女生。他受到一種像是被雷打到的震撼，熱血流竄全身，心跳快得簡直覺得心臟不是自己的一樣，喉嚨渴得不得了……然後，他才懂得這就是戀愛。」

我露出苦笑。「這種台詞不適合邊拿著茶杯喝酒邊說啦。」

「可是，你不覺得這樣反而有說服力嗎？至少比高中女生在時髦的咖啡館裡用滿懷夢想的眼神述說，要來得有真實性許多。」

吃完飯、洗完碗筷後，仍剩下五小時以上的時間。我回到自己房間，做了幾項基礎的重量訓練後，把鬧鐘設定為午夜十二點，關上燈躺進被窩裡。

然後，那個時刻到來。我為了跟蹤，穿上黑色上衣與顏色沉穩的牛仔褲，並把穿慣的運動鞋鞋帶牢牢綁緊，更戴上黑框眼鏡做為偽裝。眼鏡的鏡片已經蒙上灰塵，非得先吹氣然後擦拭很多次不可。這是我國中時代想用來遮住胎記而買的，但實際戴上去一看，才知道自己失算，藍黑色的胎記和鏡框的顏色融為一體，反而讓胎記的面積看起來更大，因而我之後一直把眼鏡放在書桌上。所幸，後來我的視力似乎沒有顯著的改變，鏡片的度數仍很合適。

走到初鹿野家只花費不到二十分鐘。圍繞住家的石牆上，不只開了南側的正門，在東側也有個小門，可以想見初鹿野從住家後門出來後，就是從這裡出入。我特意未選擇躲在門外，而是躲在門的內側，因為這裡不但有路燈照不到的影子遮蔽，還正好有合適的灌木，很適合躲藏。

時間慢慢過去。這是個悶熱的夜晚，即使只是躲起來不動，也讓我全身都流出薄薄一層汗水。由於悶熱的緣故，讓我等初鹿野時被蚊子叮了好幾次，光是雙腳似乎就有十處以上被叮，再加上好幾隻螽斯從很近的地方發出刺耳的聲音，讓我渾身不舒服。但即使想換地方，當初鹿野從後門出來時，能躲在她死角的地方就只有這個位置。因為不知道她何時會出現，讓我連菸也不能抽。我後悔地想著，早知道就該先噴防蚊液。

綾姊說得沒錯，初鹿野在深夜兩點多現身。後門無聲地打開，一個有點像是夢遊症患者的女生走出來。她的服裝和上次有點像，亞麻襯衣搭配吸汗材質的迷你裙，腳下穿著看起來很不好走的平底涼鞋。如果想在夏天的夜晚走去遠處不會穿成這樣，看來她的目的地就在附近。

要跟蹤初鹿野很簡單。除非覺得有人在跟蹤自己，否則人走路時不會特意查看身後，也不會突然奔跑。我只需要跟她保持一定的距離並壓低腳步聲就夠了，甚至不用躲起來。

當我看出她要去哪裡時，不由自主地覺得這是命運的安排。走過田邊的道路、穿過幾條隧道後，她開始偏離道路，往斜坡走下去。再過去只有森林。

換成是常人，也許在這裡就會感到害怕，但我認得這條路。

穿過森林後，會來到一條早已沒有人使用的廢棄道路。沿著這條積滿泥土和落葉的道路走下去，會在路旁看到一座跨越河川的紅色橋梁。但那要稱之為「橋」，不免讓人有點抗拒，因為這座長年被棄置的橋梁不僅生滿鐵鏽，木造的橋板還有一半以上都已經腐朽掉落，剩下的只有大約十五公分寬的鐵骨與欄杆，而且都是處於隨時折斷也不奇怪的狀態。

初鹿野輕而易舉地走過這座橋。

再過去就是她要去的地方。

那是我之前曾和永洞他們聊過，那個有著紅色房間的廢墟。

說得精確一點，那棟建築物的名稱叫做「鱒川旅館」。鱒川旅館儘管現在已淪為爬滿藤蔓的廢墟，但過去似乎是一間氣氛很好的日式旅館，生意相當不錯，但由於房客睡著時未捻熄香菸而引發火災，導致大量房客被燒死而倒閉——只要是美渚町的學生都聽過這則傳聞，但這當然只是太閒的學生想出來的胡言亂語，實際上是因為業績低迷，經營者連夜逃跑而已。這裡曾有一段時期遭到壞學生當成據點使用，玻璃窗全都被打破，還被亂丟垃圾、到處遭人用噴漆塗鴉。但自從建築物嚴重風化，四處都有地板破洞、天花板剝落之後，就連壞學生也不來了。

初鹿野只靠著手電筒的光芒，在廢墟中輕而易舉地前進。她肯定已經走得非常習慣。建築物風化的情況比我以前來的時候更加嚴重，走廊是還不要緊，但房間滿是破洞。初鹿野在廢墟中筆直走向樓梯，爬上二樓、三樓。三樓往上的樓梯前拉起一條鐵鍊，上頭掛著「閒雜人等請勿入內」的牌子，她跨過鐵鍊，繼續往前進。

屋內滿是傢俱、剝落的天花板、棉被與榻榻米等各種東西，散亂得無法收拾，但屋

頂則一改這種面貌，還留有這間日式旅館正常營業時的模樣。如果她不是要從這裡跳樓自殺，那麼這裡肯定是她的最終目的地。

屋頂正中央擺著一張椅子，是一張眼熟、有扶手的椅子，也許是有人從「紅色房間」裡搬出來的。初鹿野坐在椅子上，雙手放到扶手上，伸展雙腳，換成放鬆的姿勢。

這裡是她的貴賓席。

這是一幅奇妙的光景，也是一幅會讓人產生鄉愁的光景。毫無情調可言的屋頂正中央，孤伶伶地放著一張有扶手的椅子，一名穿睡衣的女生坐在這張椅子上看星星。一切都那麼不自然，卻又奇妙地搭調。這種毫無脈絡可循的感覺，就像睡著時所做的夢。要是不小心闖進別人的夢裡，想必就是這種感覺。

如果對路途中的各種危險睜一隻眼、閉一隻眼，這裡的確是最適合看星星的地方。既沒有樹木或電線遮住視野，也不用擔心光害。我學著她仰望夜空，看到幾百顆星星填滿視野。從住宅區走來這裡不用三十分鐘，星星卻變得這麼清楚。也或許是因為在黑暗中走了一段時間，讓眼睛能夠捕捉到平常看不見的小小光芒。

我從屋頂上的建築物陰影處窺看初鹿野，她坐在椅子上不動。抽完五根紙捲菸的時間緩緩流過。

我聽見了歌聲。

起初歌聲很小聲，有所保留且沙啞，後來漸漸變大，最後轉為清楚的歌聲。是一首旋律憂鬱，但又帶著點溫暖的歌。

〈人魚之歌〉。

美渚町裡沒有一個人沒聽過這首歌。

我仔細傾聽初鹿野的歌聲。清澈的歌聲就和樹林的沙沙聲與蟲鳴一樣毫不造作，滲透進夏天夜晚潮濕的空氣當中。

我心想，這天晚上的所見所聞就當成我一個人的祕密吧。雖然我起碼有義務對綾姊報告初鹿野深夜溜出家門在做些什麼，但我決定連這個義務都放棄。

這個美麗的祕密，只有我一個人知道就夠了。

上到屋頂正好過了一小時後，初鹿野慢慢站起身。我並未跟上她的腳步，因為我確信她不會在路上逗留，而會直接回家去。

等初鹿野離開、只剩我一個人時，我就坐到先前她坐的椅子上，依樣畫葫蘆地看著星星。我覺得椅子上還留有些許初鹿野的溫暖。

隔天，還有再隔天，初鹿野都在差不多的時間溜出家門去看星星。我心想至少不要讓她受傷，所以趁白天時仔細檢查過整座廢墟，發現腐朽的地板就先踏穿，開出顯眼的洞，並從她每次走的路徑上除去玻璃碎片與木片。

屋子裡散落各式各樣的東西，包括還裝有液體的寶特瓶、打破的碗盤、被撕開的窗簾、滿是汙漬的棉被、壞掉的電風扇、螢幕破了洞的電視機、不知道有什麼用途的繩子、大捆成人雜誌、破掉的日式雨傘。這裡變成昆蟲與老鼠的溫床也不奇怪，但不可思議的是連一隻蜘蛛都找不到。也許當一個空間完全死寂時，就連蟲子都不會來。

這時候的我不會知道，但這一年——一九九四年的夏天，對許多天文學家來說都是一個非常重要的夏天。一九九三年的三月二十四日，尤金・修梅克與卡羅琳・修梅克這對夫妻以及大衛・李維三人，在美國加州聖地牙哥的帕洛馬山天文台，於處女星座發現了棒狀的彗星。這顆彗星便以他們三個人的姓氏為名，命名為修梅克・李維九號彗星（ＳＬ９）。天文學家估算這顆彗星是在一九六〇年左右被木星的引力圈吸住，而在一九九二年左右破碎成二十個以上的碎片連成一串，並在一九九四年的七月十六日到二十二日這段期間，灑落在木星的南半球上。後來的幾個月裡，從地面上用小型望遠鏡

便能觀測到木星表面產生的撞擊痕跡。這起天文學史上首見的事件，在電視新聞與報紙上都獲得大篇幅的報導，但我和初鹿野都不關心新聞，根本不知道這些事情。

就結果而言，這顆彗星的出現，奪走業餘天文學家的一大樂趣。ＳＬ９撞擊木星的事件，證實了先前只被視為有可能發生的天體大規模衝撞地球事件是有可能實際發生的。從此以後，學術機關便加強對地球附近天體的監視，讓業餘天文學家要成為彗星的第一發現者變得非常困難。

但即使初鹿野知道自己仰望的星空當中，發生了這種名留青史的事件，我想她多半仍不以為意。她對天文知識、天體觀測或是天文照片都沒有什麼興趣，只是喜歡仰望夜空，呆呆看著連名字叫什麼都不知道的星星。

今天她也看著夜空，在廢墟的屋頂上傾聽星星的聲音，我則躲起來看著這樣的她。我明知這樣不會讓狀況好轉，也意識到賭局的期限已經一步步逼近，但我就是不想跟她說話。我不想打擾她這個祕密的樂趣。

夏天就這麼一天又一天過去了。

第5章　第九號掃把星

「她跟同班同學處不好這點是可以確定的。」

這天我見到的綾姊，和以前見到的綾姊簡直判若兩人。上次她才剛起床，突顯出來的盡是不好看的地方，但當她好好化妝、穿上燙得筆挺的白色襯衫，就有不輸給妹妹的魅力。我心想，她對於該如何將自己呈現得有魅力這點多半瞭如指掌。這種卓越的技術，肯定是靠著對妹妹的自卑感培養出來的。

「可是，我也只知道這些。」綾姊說著，聳了聳肩。「唯在國中三年級的夏天，突然常常請假不去上學。可是她對這件事沒做任何解釋或自我辯護，無論對朋友、老師還是家人都一樣。就算爸媽問她在學校裡出了什麼事，她也只堅稱『什麼事都沒有』。大概頭腦比較好的小孩，就是會養成遇到什麼問題都自己一個人解決的習慣，沒辦法依賴別人。」

「她的確不是會找人訴說煩惱的小孩。」

「對。所以不好意思，我大概是幫不上小陽的忙了，而且我不覺得爸媽會知道得比我清楚。」

相較上次見面的時候，綾姊的態度變得相當友善。雖然也是因為她當時睡眠不足，但說不定有一部分原因是化妝前、後的個性會改變。只要對自己有自信，也就有心思對別人好。

我之所以再來找綾姊是有理由的。我每天晚上跟蹤初鹿野，從她現在種種小小的舉動當中，發現了好幾個和往年的初鹿野共通的部分。雖然初鹿野現在顯得判若兩人，但我就是覺得在最根本的地方，她和以前沒有什麼兩樣。隨著這種確信越來越深，我心中的某個疑惑也越來越大。

初鹿野的絕望，真的只是胎記造成的嗎？

我不管怎麼想，都無法相信她會是個只因為美醜這樣的理由就自殺的人，要知道她可是國小時唯一接受我臉上胎記的初鹿野啊。短短一年半，會讓人產生這麼大的改變嗎？還是說，她只是能接受別人臉上長胎記，卻無法接受自己臉上長胎記？

說不定她的絕望是另有原因。我是不是太拘泥於看得見的事物，而忽略更重要的事情？從她長出胎記的時期到她經常請假不上學的時期之間，有著半年的空檔。會不會是在這段空檔中，她發生了另一件重大的事情？

如果這個假設——假設她的絕望是基於胎記以外的理由——正確，查明真相應該是

接近初鹿野內心的第一步。我有了這樣的想法，才會先來問與她最親近的綾姊。

「如果你無論如何都想知道，我看也只能直接找唯的同學問問看吧？」一直不說話的綾姊突然開口。「小陽，你就讀的高中裡應該至少會有一、兩個參葉國中畢業的學生吧？也許這些人會知道唯變成那樣的理由。」

「這我也想過，可是現在放暑假，大家都四散各處。」

「那麼，一步一腳印地去這些人可能會出現的地方問看看不就好了？」

「說得也是……妳說得對。我就去各個比較會有人聚集的地方看看。還有，我也會去高中看看，說不定可以跟參加社團活動的同學問到一些事情。」

「我是很想幫你啦。」綾姊雙手抱胸，咬緊下唇。「可是我今天跟高中時代的朋友約好要見面……」

綾姊說到這裡停下來，視線越過我的肩膀看過去。我轉頭一看，看到一輛車頂架上放著衝浪板的藍色汽車，亮起警示燈停在初鹿野家門前。這輛車的款式非常舊，引擎蓋晒得褪色發白，引擎發出不正常的喀啦喀啦聲響。

一名年紀和綾姊差不多的男性打開駕駛座的車門走下車，他的身高只比我高一些，但肌肉發達，全身晒成古銅色，還穿著誇示身材的緊身上衣。他戴著廉價的項鍊與像是

昆蟲複眼的太陽眼鏡，踏響涼鞋走到綾姊面前站住，對她打聲招呼後才一副之前都沒發現我似地看我一眼，對綾姊問：「這小子是誰？」

「我妹的朋友。」綾姊回答。「你來做什麼？」

「不是妳要我來接妳的嗎？」他摘下太陽眼鏡，露出冤枉的表情。「我們明明講好了，今天下午一點。」

「我後來沒跟你說我約了別人嗎？」

「沒有。」

「是嗎？總之，我今天約了高中時代的朋友，沒辦法陪你。」

男子半張著嘴，不知該如何是好。綾姊則彷彿想到好主意似地說：

「對了，他等一下得去鎮上到處繞繞，找人打聽消息，雅史，既然你有空就幫幫他嘛，反正你很閒不是嗎？」

「我？」她稱作「雅史」的男子以走音的聲調回答。

「你不想幫也沒關係。」

男子垂頭喪氣地以無力的聲調說：「好啦，我幫。」

男子的名字叫做戶塚雅史，是二十三歲的碩士班學生，和綾姊待在同一間研究室。他似乎對綾姊有意思，但聽說綾姊對他的追求全都視若無睹。至於衝浪，他說自己才剛開始練習，還無法順利站上浪頭。

「我說啊，你覺得要怎麼做才能和綾同學要好？」雅史哥根本不管我這邊的情形，問起這個問題。「你跟她不是感情很好嗎？」

「不，我才剛認識她。」

「可是看她明明就很中意你。」

「只是剛好看起來像是這樣。我第一次見到她的時候，她還說我是死纏著她妹妹的跟蹤狂。」

「實際上不也差不多嗎？」

「我不否認。」

「所以我們兩個人很像啊。」雅史哥說得感慨萬千。「兩個人都被姓初鹿野的女人牽著走。」

他將汽車廣播轉到民營電台的頻道，電台正在播放歌謠，之後則是一小段新聞。根據新聞的說法，今年夏天將會是十年一度的酷暑，全國的梅雨季都將在七月十三日前結

束。但車內的情形卻與這則新聞形成鮮明的對比，車內冷氣開得太強，冷得我連連摩擦手臂取暖。抵達第一個目的地所在的高中後，我才剛下車，夏日午後的熱氣就撲向一度忘了炎熱的身體，讓我短短幾分鐘內就冒出無數汗水。

我在校內繞行，一找到像是一年級生的學生就一一跑去問。暑假的校舍裡意外地有很多學生，他們在做的事情也是五花八門，有在充滿汗臭味的社辦裡起勁玩著桌上遊戲的軟式網球社社員；有正和操場上大量繁殖的昆蟲搏鬥的棒球隊隊員；有在圖書館旁若無人地互相撫摸而惹得旁人皺眉的情侶；有或許是太常在室外畫素描而晒得比運動社團社員還黑的美術社成員；有在拉上窗簾的空教室裡小聲地熱絡聊天的女生；有用擔架將缺氧昏倒的男生抬走的管樂社社員。我一共找了大約二十個人打聽，但沒有一個學生是畢業自參葉國中。

「參葉國中不就是那間貴族女校嗎？」有個男生說。「基本上不會有人從那種地方畢業以後，特地來念我們高中啦。你找錯地方了。」

他說得沒錯。我離開校舍回到車上，雅史哥放倒了椅背在看漫畫雜誌。我把沒有成果的消息告訴他，他漠不關心地哼了一聲，把雜誌往後座一扔，發動了引擎。

雅史哥說他肚子餓了，在一間拉麵店前停車。我不太覺得肚子餓，但也只能跟著他

走進拉麵店。店裡有很多小蒼蠅飛來飛去，端出來的拉麵滋味就像只是多加了油的泡麵。雅史哥點了兩人份的拉麵套餐，轉眼間就吃光。

吃完麵後，他要求我把來龍去脈說清楚。我省略細節，說是在調查以前的好朋友初鹿野之所以不去上學的理由。

「為什麼直接問她本人就好的事情，你要這樣偷偷摸摸地調查？」他覺得納悶。「這樣拐彎抹角有什麼好處？」

「這是很敏感的問題。」我回答。「有些路線即使在地圖上看起來是最短的路徑，其實卻會繞得最遠，不是嗎？」

「我不知道問題出在哪裡，但換成是我會直接問她。」

「我有同感。」聽著我們說話的拉麵店老闆從吧檯後面開口。「女人這種生物不就是愛說話嗎？只要我們擺出願意傾聽的態度，她們就會連我們沒問的事情都說出來。」

「我看很難說。」老闆的朋友反駁。「每個人應該總會有一、兩件事情是絕對不想被別人知道的吧？」

「我就沒有。」拉麵店的老闆搭話。

「哎呀，是嗎？」他朋友狐疑地反問。「我還以為有很多呢。」

離開拉麵店後，我們依序去冷清的商店街與海邊廣場等地。最後找上一群參加完社團活動，在超市的屋頂停車場吃著杯麵的男生打聽完後，我終於精疲力盡。我心想，今天就到此為止吧。

到頭來，我未能得到任何有益的情報。雖然早有料到，但別說是參葉國中的畢業生，我就連認識這種學生的人都找不到。追根究柢來說，整個美渚町裡又有多少人是畢業自那間貴族女校呢？像我自己，不就除了初鹿野以外，根本連一個參葉國中的畢業生都不認識。

「結果還是白跑一趟啊。」駕駛座上的雅史哥這麼說。

「對不起，今天非常謝謝你。」

「嗯。你可要幫我在綾同學面前美言幾句。」

我原以為接著要順著原路折返，沒想到車子在餐飲街放慢速度，正覺得狐疑雅史哥就以不容分說的口氣說：「我們找間店坐坐吧。都走了一整天，輕鬆一下有什麼關係？」就這麼把我帶進一間居酒屋。

我在邊吃著多線魚邊喝日本酒的雅史哥身旁，吸著湯汁格外濃郁的蕎麥麵。這是我第一次踏進居酒屋，本來還擔心一個高中生在這裡會不會不太妥當，但店家似乎看我沒

有喝酒就沒多說話。不過，雅史哥之後是打算怎麼回去？他是要把車留在這裡？還是在車上過夜？又或者打算光明正大地酒後駕車？不管是哪一種，對共乘的我來說都不是鬧著玩的。

過一會兒，雅史哥丟下我，在店裡走來走去，和一群狀似熟客的人聊得十分開心。我心不在焉地看著放在角落的電視，現在播的似乎是靈異節目的特集，說的都是一些每到晚上舊校舍便會傳出有人說話的聲音之類司空見慣的故事。

我手肘撐在吧檯上打瞌睡時，雅史哥帶了一個人過來。這人戴著眼鏡，是個感覺頗知性的男性，一手拿著裝了高球酒(註4)的玻璃杯。

「喂，你可要感謝我。」雅史哥面紅耳赤，一副酒醉的模樣說：「他說他妹妹就是畢業自參葉國中。」

「你好。」戴眼鏡的男性對我微笑。「聽說你有事情想問參葉國中的畢業生？」

「是，就是這樣。」我回答。「只是嚴格說來，我找的是去年從參葉國中畢業的學生……」

男子的嘴角揚起。

「我妹妹就是去年畢業的。」

我就此和雅史哥道別。他把駕駛座的椅背放到底，說聲「我在這裡睡一會兒再走」，從車上隨便揮了揮手。我跟著戴眼鏡的男性——宿村先生——走了二十分鐘左右來到他家，他進去叫妹妹幾分鐘後獨自回來。

「她好像還沒回家。」他顯得很過意不去。「我想應該是去林子那裡。」

「林子？」我反問。「是去海邊的防風林嗎？」

「對，我想她應該是去找幽靈。」

幽靈？

不是我聽錯，宿村先生的確說了「幽靈」，但他接著未針對幽靈多說什麼，只是以淺顯易懂的方式告訴我，他猜測妹妹在哪裡。

我下定決心問：「請問『幽靈』是什麼？」宿村先生露出含糊的笑容說：「如果你想知道，可以去問她本人。」

沿著田埂走一段路就來到林子的入口。夜晚的森林或林子，不管來幾次都無法習

註4：Highball，由威士忌及通寧水或蘇打水混合而成的調酒。

慣，夏季的時候更是如此。沒有人工照明自是不用說，生長茂盛的枝葉更是連微弱的月光都會遮住，四面八方不停傳來不明的窸窣聲，讓人越聽越是不安。要說有個出身自貴族女校的女生獨自進到這種林子理，一時間還真令人難以置信。

順著道路前進就來到一處做為分岔路口的廣場，根據宿村先生的說法，他妹妹就在這裡。我仔細往黑暗中觀看，看到有個嬌小的女生坐在利用樹幹殘株加工而成的椅子上。她一動也不動，讓我起初還以為她是樹幹的一部分。

「晚安。」我對這個連臉都看不見的人物打了聲招呼。「妳哥哥告訴我說妳在這裡。因為有事情想請教，我在找畢業自參葉國中的女生。」

過一會兒，黑暗中傳來回答。「這可真辛苦你。」

「妳知道一個叫做初鹿野唯的女生嗎？」

「初鹿野唯……」她彷彿要弄清楚讀音似地複誦一次。「是，我知道，就是那個臉上有胎記的女生吧？」

「對，是個左臉有一大片胎記的女生。」我按捺住幾乎跳起來的心情回答。「我想請教有關她的事情……」

她打斷我的話。「我只是知道有這個人，跟她之間並沒有來往，而且不同班，所以

我對初鹿野同學完全不了解。只是看了畢業紀念冊和大合照，覺得她的胎記很特別，所以才看一下她叫什麼名字，其實我從來不曾和她說過話。」

「……這樣啊……」

我自認已盡量不在聲調中顯露出失望，宿村先生的妹妹卻敏感地察覺到了。

「對不起。我也很希望能幫你介紹認識她的人，可是我不擅長跟人來往，所以不認識這樣的人。」

「不，沒關係。」我盡力說得開朗。「別說這些了，我想聽妳說說幽靈的事。」

她隔了一次呼吸的空檔，然後怨懟地說：「是我哥哥這麼說？」

「是啊。妳不就是在這裡找幽靈嗎？」

「……我也不是真心相信。」她以鬧彆扭的模樣說道。「而且不一定要是幽靈，不管是UFO、ESP還是UMA（註5）什麼都好。說穿了，我是在等能夠找到世界裂痕的那一刻。」

我想了想她說的話，得出一個結論：那些都是指稱「超越人智的事物」。

註5：分別是不明飛行物體、超感知能力、不明生物。

「這位大哥。」她這麼稱呼我，多半是以為我的年紀比她大。「我明白人稱之為『幽靈』的東西，是一種大腦讓我們看見的幻覺。可是，管他是錯覺還是幻覺，我都不在乎。因為我覺得，只要能夠目擊到一個這種超脫現實定律的現象，我的世界就會有一點點不一樣的意義。」

然後她沉默一會兒，感覺像在沉思。我的眼睛總算慢慢習慣黑暗，開始看得見她的身影。她是個頭髮留到及腰的長度，給人的印象有點沉重，像個洋娃娃似的女生。

「……也就是說，哪怕只有一次也好，只要讓我看見玩具盒裡的玩偶會在深夜站起來聊天，從此以後，這世上所有玩偶具備的意義不都會變得不一樣嗎？我就是在等這種革命發生。」

後來她談了二十分鐘左右，用各式各樣的比喻來說明她尋找幽靈的理由。當她說到類似結論的部分時，忽然像切斷電源似地不再說話，最後小聲說了句：

「我太多話了。」

說話聲小得幾乎聽不見。如果不是這麼黑，我應該可以清楚看到她滿臉通紅。

「妳說的話很耐人尋味。」我這麼說絕不是在諷刺。

她的聲音變得更小。「我平常找不到人可以聊，所以一有機會就忍不住說太多，回

去以後可要好好自我反省一番才行。」

「這種心情我很能體會。」

「騙人，你不可能會懂的，因為你看起來朋友很多。」

我苦笑之餘，在心中說聲「我沒說謊」。國小時——主要是面對初鹿野時，我就曾多次犯過這類失誤。一個人度過漫長的假日去到學校後，初鹿野一來找我說話，我就連一些她根本沒問的事情都說個不停，事後也一定會垂頭喪氣，自責地心想我怎麼會這麼可恥，然後每次都發誓以後要當個沉默寡言的人。

「這位大哥。」即將道別之際，她問我說：「你覺得我見得到幽靈嗎？」

「沒問題的。」我回頭說。「我可以保證，這個世界遠比妳想得更加充滿耐人尋味的現象。也許妳在尋找幽靈的過程中，就會遇到比幽靈更加不可思議的東西。」

「……謝謝你。既然你這麼說，我會再努力試一下。」

我想她多半是笑了。

「夜深了，回家路上小心。」我留下這句話後離開林子。

回家途中，我走在田埂上，看到被雜草掩蓋的農業用水道附近有很多朦朧的綠色光點在閃動。不知道還有什麼東西能像螢火蟲的光閃爍得這麼順暢，無論是什麼樣的裝飾

燈，都沒辦法這麼自然地亮起又熄滅。

我佇立在原地，看著淡綠色光點交錯飛舞的夢幻光景，怎麼樣都看不膩。

我忘了跟宿村先生的妹妹說，其實我小時候也曾經為了找一樣東西而每天跑去海邊，只是我找的並非幽靈。

起因是一件發生在海中的神奇事件。

當時我七歲，季節是夏天。我和朋友兩個人去到海邊，一如往常地打著赤腳走在岸邊。當時我很喜歡把波浪退去後變得平坦的沙灘給踩實，除非有人阻止，不然我可以一踩就是幾個小時。

但我朋友對這種單調的玩法很快就膩了，開始尋求新的刺激而捲起褲管走向大海。看到他走過去，我也沒想太多就跟上去。

「要不要試試看可以走到哪裡？」他這麼說。「不管弄得多濕，看今天這種天氣，回去之前就會乾了。」

「聽起來挺好玩的。」我答應了。

我們把雙手提著的涼鞋往沙灘一扔，一步一步小心翼翼地踏進海裡。

這一天晴朗得幾乎令人頭暈目眩。沙灘乾巴巴的，海面有白浪閃閃發光，地平線另一頭有著形狀宛如《富嶽三十六景》的巨浪(註6)的積雨雲。

當水面達到胸口的高度，腳步踏起來越來越虛浮。即使腳掌確實踩到海底，每當有波浪襲來，就會覺得腳幾乎要被掀翻。如果在這時候回頭就不會有事，但當時我們還不知道大海的可怕，天真地說：「等真的危險再折回去就好。」

那一瞬間來得十分突然。海底突然變深，我腳下被一股力道一絆，當我覺得不妙時已經在劫難逃，身體立刻被拉往大海的方向。我踮著腳尖，想站穩腳步回到岸邊，身體卻不聽使喚，不斷被沖往反方向。

當我的嘴碰到水面，立刻嚇得腦子一片空白。我試著游回岸邊，但正要換氣時卻不小心喝到海水，讓我陷入恐慌狀態。雖然我知道在海上即將溺水時，應該以後仰姿勢飄在海面上等待救援，但實際上一旦溺水，這些知識立刻被拋諸腦後。我連前後左右都分不清楚，在水中不斷掙扎，讓狀況越來越惡化。

註6：浮世繪畫師葛飾北齋晚年的作品之一，為浮世繪中的「名所繪」，描繪由日本關東各地遠眺富士山的景色。其中最有名的「神奈川沖浪裏」是以富士山為遠景，描繪滔天巨浪席捲漁船的景象。

事情就發生在我再也憋不住氣的時候，忽然間，有一隻手抓住我的手腕，以非常強勁的力道把我拉走。

這當然是恐懼產生的錯覺，實際上我多半只是被海藻之類的東西纏住，但當事人不可能做出這麼冷靜的判斷。我心想肯定是有人要把我拉到海裡而全身戰慄，但已經沒有力氣甩開這隻手。

我這輩子第一次意識到死亡。不可思議的是，一旦意識到死亡，恐懼與後悔之類的情緒就漸漸淡去，只剩下深深的灰心。我覺得自己總算切身體會到「鑄下大錯」這句話是什麼意思。

我想知道是誰抓住我的手腕，於是試著回握對方的手，但什麼都沒握到。不知不覺間，抓住我手腕的手消失了。

緊接著，我的手指頭碰到海底。

當我緩緩站起來，發現自己在一處水面連腰部高度都不到的淺灘。我聽見海鷗的叫聲，朋友從遠方叫著我的名字。我置身於平靜的夏日當中，彷彿剛才的恐懼從未存在。我在原地呆站了好一會兒，看著直到剛才都被人握住的手腕，這時恐懼才慢半拍地湧上心頭。我開始心悸，全身發抖，趕緊跑上岸邊，躺在乾燥的沙灘上等待寒氣退去。

後來，我對自己在海裡遇到的這件不可思議的事情做出這樣的結論——

那一天，是人魚救了我。

後來的日子，我每天都坐在防波堤上看海。我多半是覺得只要這麼做，就能遇到拯救我的人魚。又或許是我忘不了那一天去到鬼門關前又回來時，感受到的那種強烈覺得自己活著的感覺。七歲的自己到底是在想什麼，我早就忘得一乾二淨。

我日復一日去到海邊，但人魚當然並未出現。結果，我漸漸忘了當初的目的、忘了人魚，只剩下去海邊的習慣。沒錯，雖然我全都忘了，但我一有空就去海邊的契機，就是源自那段找人魚的日子。

*

翌日，我和千草在站前廣場碰面，因為我答應過要陪她練習「美渚夏祭」上的朗讀。現在明明是盛夏，出現在相約地點的千草卻老老實實地遵守「長期休假外出時必須穿著制服」這條校規。

美渚町裡能讓人坐下來休息的店與設施很有限，大部分都被放暑假的學生擠滿了，

我們只好據守在超級市場的休息區。一邊角落有些高中男生拿飲料打賭，比腕力比得如火如荼；另一邊角落則有兩名高中女生吃著冰，針對男朋友太沒出息發著牢騷。

我仔細傾聽千草那銀鈴般的嗓音，同時想著下次要去哪裡打聽。要找個會有很多參葉國中畢業生在的地方才行，第一個列入候補的就是參葉高中。說起來參葉基本上是國、高中一貫的女校，參葉國中的畢業生當中，過半會直接升上參葉高中。只要去那裡打聽，肯定遇得到認識初鹿野的人。

雖說一開始便去參葉高中打聽就好了，但那裡實在很遠。初鹿野去讀參葉國中後，舉家搬回外公外婆家就是為了這個原因。從美渚町搭車過去，要花一個小時以上。雖然我很希望能在這個鎮上解決，但看來沒這麼順利。我心想，多半明天一大早就得去參葉高中打聽。

問題在於，要是我一個人闖進那間貴族女校，恐怕會遭人懷疑。由於有太多人想一睹「參葉女學生」的風采，參葉高中對待校外人士的態度比其他學校來得嚴苛，聽說門前還有警衛常駐。其他高中的男生，肯定是他們最優先提防的對象。

「——後來女兒就和人類與人魚都斷絕所有關係，獨自一人靜靜佇立在海底，不時想起過往就流下眼淚。」千草從劇本上抬起視線。「……劇終。深町同學，你有認真在

聽嗎？」

「嗯，當然。」我為了掩飾自己心不在焉，對她大肆讚美。「我是聽得入神了。真被妳嚇了一跳，我看要妳現在就上台也沒問題。」

「謝謝你的誇獎。」千草笑得雙肩抖動。「可是，請你再多誇獎我幾句。」

「這不是說客套話，我覺得妳的聲音比廣播社所有人都好聽。」

「總覺得有點飄飄然呢。」

「太好了。」我苦笑。「對了，歌曲不用練嗎？」

「我有在練。雖然有在練，但還不能唱給別人聽。而且，我本來就打算在正式表演之前，都不唱給任何人聽。」

「為什麼？」

千草低下頭小聲說：「……因為不好意思。」

唸完三遍劇本後，我們決定休息一下。我從自動販賣機買了飲料，回到桌前一看，有四個頭髮染成淺色、衣著華麗的男生，在我們隔壁桌大聲談笑。

「我們換個地方吧。」我這麼一說，千草就點點頭說：「好。」

我偷瞄一眼她的表情，千草看著這些人的視線冰冷得駭人。

我感到不安，心想要是她知道我以前也是那種人，不知道會怎麼想？是不是會把她現在投向那些人的冰冷眼神轉向我身上？

我們結束練習，在河畔的小徑散步。我不經意地看向閃閃發光的河川對岸，見到走在山丘上的小朋友們被逆光的夕陽照得像是剪影，還有，鐵塔間連起的電線在空中畫出變形的五線譜。

這時我忽然想到一個好主意。

「荻上。」我停下腳步，以鄭重的態度開口。

「有。」千草用力轉過身來，對我露出滿面笑容。「什麼事？」

「我可以跟妳說一件有點離題的事情嗎？」

「事情？」千草生硬地從我身上移開視線，撥弄著垂到胸部上方的髮尾。「嗯，當然可以。」

「其實，我有個不情之請。」

「咦……」千草挺直腰桿，表情變得僵硬。「請求……是嗎？」

「當然，等妳有空再幫忙就好。」

「我有空。」她還沒問日期與時間就先答應我。

「謝謝妳。其實，我明天打算去參葉高中，希望妳能陪我一起去。」

「參葉高中？」千草露出有些意外的表情。「呃，我當然願意奉陪，可是……你去那裡是有什麼事情嗎？」

於是我簡單說明了一下：同班的初鹿野唯是我國小時代的朋友，她在精神上似乎已瀕臨崩潰（自殺未遂的事我沒說出口），而我不清楚原因，但初鹿野國中時代的同學也許會知道些什麼。

「我明白了。」千草點點頭。「所以你並不是有什麼不可告人的目的吧。」

「昨天我在美渚町裡到處找，但連一個畢業自參葉國中的女生都沒找到。這樣一來，不就只能跑一趟參葉高中嗎？」

「其實啊，那倒未必。」

千草一本正經地這麼說。

「這話怎麼說？」我問。

「就是說，深町同學不必特地跑一趟參葉高中。」她回答。「之所以這麼說，是因為你眼前這個女生，正是參葉國中的畢業生。而且，她國三時和初鹿野同學同班。」

聽她這麼一說，想想也沒什麼好不可思議的，反而是我一開始就應該先找她問問才

對。畢竟，若要問我認識的美渚第一高中的學生裡，有誰有著參葉的氣質，那除了荻上千草之外別無他人。

「那麼，荻上，妳知道初鹿野之所以變成那樣的理由……」

「是啊，我也許知道。」千草說得事不關己似的。「可是我能不能告訴你，又是另外一回事。」

她邊用眼角餘光窺看我的反應，邊明白表明自己的立場。

「你想想，初鹿野同學甚至連對血親都不說，不是嗎？她這麼堅持地隱瞞這個祕密，我不能隨隨便便就說出來。」

「妳說得很有道理。」我隔了好一會兒才回答：「只是，我明知如此卻還是認為，搞不好對初鹿野來說，這個祕密成為她沉重的負擔。獨自承擔這種對誰都說不出口的痛苦，會不會就是壓迫她精神的最根本原因呢？如果是這樣，我就非知道不可。」

「我這麼問有點壞心眼。」千草放低聲調說。「為什麼深町同學非得為了初鹿野同學做到這種地步不可？」

「我以前也承蒙她幫助過，我想報答她的恩情。」

千草思索了一會兒。

「我明白了。」她抬起頭回答。「只是，請你絕對不要告訴其他人。如果可以，即使在她本人面前也請裝作不知情的樣子。」

「我知道，謝謝妳。」

「還有，」千草露出放鬆了緊張情緒的微笑。「我要你答應我一個請求，當作是交換條件。」

「請求？」

「內容我還沒決定。我會先想好。」

千草顯得非常高興。

路旁田裡的向日葵長得很高，在西邊陽光的照耀下，在人行道上留下濃濃的影子。向日葵全都不約而同地面向西邊，發黑的頭狀花序看上去也像是無數的大眼球。

向日葵在生長過程中會一直追逐著太陽，等到開花時就會停止這種舉動，等到結出種子則會鞠躬似地往下垂。為了尋求光而沒有骨氣地動來動去，最後看著自己的腳下腐朽，這種樣貌實在頗有寓意——每次看到向日葵時，我都會這麼想。

千草小心地選擇遣詞用字，開始說道：

「之前我說得很吊人胃口，但其實我知道的只有一點點。我想不管你去問當時班上的哪個同學都是一樣的，她們知道的應該也都跟我差不多。」

我點點頭，要她說下去。

「深町同學可能也知道，初鹿野同學的那片胎記，是在國中二年級的冬天突然冒出來的。起初是個只有豆子大的小小胎記，可是這胎記一天比一天大，不到一個月就擴大成現在的大小。初鹿野同學本人對於胎記顯得一點都不放在心上，但她的改變，從很多方面都為周遭的人們帶來震撼。有人同情初鹿野同學，覺得她很可憐；也有人嘲笑她，覺得她活該；還有人單純是為了一種美麗的事物受損而嘆息。只是整體而言，我覺得同情她的人占大多數。」

千草說到這裡時，稍停了一下。

「我想深町同學多半是懷疑初鹿野同學因為臉上冒出胎記，而讓她開始受到女校特有的那種陰險霸凌吧？」

「……不是嗎？」

她緩緩搖頭。「至少到隔年的七月中旬為止，初鹿野同學都和長出胎記以前幾乎沒什麼兩樣。在那之前，她太過完美的容貌——雖然不是她自己的責任——散發出一股令

人難以親近的感覺，但或許是胎記緩和了這種感覺，她甚至變得比以前更受班上同學喜歡。就我所知的範圍內，初鹿野同學完全沒受到霸凌。」

從千草說話的口氣，感受得到她是盡可能不要摻雜主觀的意見，似乎想盡量從公正的立場，告訴我與初鹿野有關的客觀事實。她多半是因為在背地裡講別人的事情而覺得內疚吧。

「好了。」她切入正題。

我心想，不知道她接下來要說的事情有多麼令人心痛，做好了心理準備。

「我不記得正確的日期，但肯定是在暑假即將開始前，應該就是在去年的七月中旬吧，初鹿野同學連續請假四天不來上學。等我看到她再度來上學時，就發現初鹿野同學已經不是以前的初鹿野同學了。」

我要說的事情就到這裡結束——千草說。

「誰也不知道這四天裡發生了什麼事，總之在這短短的期間內，她的一切都變了。她不再和朋友說話、不再正眼看別人，過完暑假後，從新學期開始就經常請假不來上學。有好一陣子，各式各樣的謠言和猜測滿天飛，但結果還是沒人得出像樣的結論。」

千草說完後小小嘆了一口氣，對不知所措的我投以同情的眼神。

「對不起，好像反而讓你更混亂了……可是，就算你去參葉高中打聽，我想多半也只能問到這點消息。」

「不，很夠了，謝謝妳。」

我仰天無語。別說是掌握到解決問題的頭緒，我聽完以後反而覺得謎團更深。

後來有很長一段時間，我們兩人都默默行走。我有我的事情要想，千草也自顧自地陷入思索。當我的思路終於找到眼前還可以接受的降落地點時，千草開口說：「我家就在這附近……」

不知不覺間，四周已經飄來海潮的味道，看來我們已經走到離海相當近的地方。

「到這裡就夠了，今天很謝謝你。」千草對我深深一鞠躬。

「仔細想想，我們還走了真遠。」我回顧來時路。「荻上，妳一定走累了吧？」

「不會，我喜歡走路。」

「我也喜歡走路。今天很謝謝妳，改天見。」

「嗯，這幾天再見。」

千草背對我跨出腳步，但隨即又停步，轉過身來叫了我一聲。

「深町同學，今天你對我做了非常殘忍的事情呢。你可注意到了？」

「殘忍的事情？」我反問。

千草破顏一笑。「我開玩笑的。再見。」

當時我並未深思她所說的「殘忍的事情」，認定那只是一句沒什麼意思的玩笑話，很快就忘記了。

如果我處在更冷靜、更客觀的狀態下，多半能輕易理解當中的含意，但那時我滿腦子只想著初鹿野，根本沒有心思去考慮有人可能對我有好感。所謂「殘忍的事情」，很少是人有自覺地做出的事，多半是沒有自覺地做出的事。

*

我這天晚上也來到鱒川旅館。這幾天我不再從初鹿野的家門前開始跟蹤她，改成直接埋伏在廢墟。無論是下著小雨的夜晚，還是無風的悶熱夜晚，她的腳步都不曾踏向廢墟以外的地方。既然知道這點，我也沒必要冒險尾隨她。

原本我是想得知她每天晚上溜出家門的目的，藉此加深對她的理解，而這個目的早已經達成。說穿了，她就是喜歡在廢墟看星星。想從她的行動中得知更多情報也只是白

費功夫，我卻拖泥帶水，每天晚上都忍不住繼續跟蹤她。

我現在最優先該做的事，是去查出千草所說的「空白的四天」裡發生的事。要達到這個目的，光靠打聽與跟蹤這些間接的手段已經不夠。畢竟連當時近距離看著初鹿野的千草，也認為這件事是一團無從捉摸的謎。

除了直接詢問她本人以外，我已經想不到別的方法。我明明有這樣的自覺，卻始終未踏出最後一步，這多半是因為我想一直躲起來看著在廢墟屋頂看星星的初鹿野。

我很想說是隔天早上，但實際上已經過了正午。由於每天跑廢墟，我這陣子已經習慣中午起床、早上睡覺的夜行性生活。

我被電話鈴聲吵醒。在鴉雀無聲的家裡大聲響起的電話鈴聲，就像假日的國小裡響起的鐘聲一樣，有種空洞的感覺。我覺得就算趕不上也不關我的事，悠哉地走下樓梯接起電話。

我聽見的不是公共電話中那個女人的嗓音。

『喔，是深町嗎？』

是級任導師笠井的嗓音。即使說客套話，那也不是剛睡醒時會覺得好聽的嗓音。我

大為後悔，心想早知道就別理會電話鈴聲，在被窩裡繼續睡覺。

『不好意思突然找你，你可以馬上來學校一趟嗎？』

這天笠井的態度和平常不一樣，有種像是退了一步的距離感。說不定有事要找我的不是笠井，而是別人。

「我明白了。」我以剛睡醒的沙啞嗓音回答。雖然想問他找我去學校的理由，但笠井的聲調裡有種不接受我發問的感覺。「我準備好就馬上過去。」

『嗯，那就這樣。』

電話掛斷後，我沖了個澡換上制服，聽著廣播吃著煎鮭魚和海帶芽味噌湯當早餐，只拿了非帶不可的東西就走出家門。根據天氣預報的說法，這一天也是盛夏的天氣，刺人的陽光燒烤著皮膚。

美渚第一高中的辦公室，似乎連在這種大熱天都採取省電方針，沒開冷氣的室內和室外一樣熱。教師們都露出憔悴的表情面向辦公桌，只有窗邊的盆栽活力充沛。

笠井在辦公室外等我。不出我所料，他帶我去找另一名老師。叫我來學校的是訓導主任遠藤，他晒得黝黑的高大身軀與和尚頭，這種很有特色的外表讓學生們替他取了各

式各樣的外號，但沒有人敢在他面前說出來。遠藤不僅是遇到一點雞毛蒜皮的小事就會生氣，而且一開口便把人罵得狗血淋頭，聽說他曾讓每隔幾天就會遲到一次的學生跪坐在走廊正中央，還曾以裙子稍微短了點的理由把女生吼到哭。我覺得每所學校都需要一個這樣的人才，但如果可以，最好還是別跟這樣的人扯上關係。

笠井回到自己的辦公桌後，遠藤則以看著無機物似的眼神看著我。他遲遲不開口，但萬萬不能由我主動發言。這類老師最討厭學生自動自發地思考並發言。

「深町陽介。」

遠藤朝桌上的資料看了看，機械式地叫了我的名字。然後他轉動椅子面向我，以低沉且充滿威嚇感的聲音說：

「你，昨天晚上，在哪裡，做什麼？」

這不是我第一次遭到態度高壓的老師質問。我國中時代有過幾十次被叫去教職員辦公室的經驗，遠藤這種近乎威脅的態度，對我而言甚至有些懷念。我從氣氛就看出他已經準備對我怒吼，也相信他所需的證據都準備齊全了。

我猜測遠藤之所以找我來，多半是為了責怪我非法入侵廢墟。多半是有人通報說，有高中生每天晚上都溜進廢墟吧。

「我在外面散步。」我決定先這麼回答。說謊並不明智，但話說回來，在還不清楚對方掌握多少的階段，就一五一十地全招出來也很不明智。

「依據青少年保護條例規定，沒有監護人同行的青少年，禁止在晚上十一點以後外出，這你知道吧？」

「知道。」

「那你為什麼會想出去散步？」

我很想回答「除了『想散步』以外還能有什麼理由」，但仍把這句話吞下去。除了低頭沉默以外，我沒有別的選擇。

「不過，這個問題先不管。」遠藤比我預料得更快打破沉默。「接下來才是正題。你知道山腳下有一處廢墟吧？」

「老師是指鱒川旅館嗎？」

「沒錯，那裡昨晚發生了火災。」

瞬間，一股冰冷的感覺竄過背脊，但我想到從初鹿野抵達廢墟到離去為止，我全都看在眼裡，這才暗自鬆一口氣。遠藤所說的事，多半是在我們離開廢墟後才發生。

「說是火災，其實只是冒了點小火。」他說下去。「但只要一個弄不好，也可能發

展成森林大火。」

「也就是說。」我希望趕快把話說完而插嘴。「老師懷疑我是縱火的犯人嗎？」

遠藤忿忿地瞪了我一眼。「今天早上有人通報，說是在廢墟發生小火災的那段時間，從住家的窗戶目擊到有個年輕男子在附近，巧的是這個人知道那名年輕男子是深町陽介，所以你就被找來這裡……那麼，我重新問你一次，你昨天晚上在哪裡做什麼？」

我窮於回答。首先，我絕對要避免說出初鹿野的名字。遭人懷疑是我一個人的責任，我不能把她牽扯進來。可是，要是我說「自己一個人去廢墟看星星」，遠藤會相信嗎？怎麼想都覺得只會加深他的懷疑。

我正思索著有沒有什麼藉口可以逃避，遠藤用拳頭敲著桌子催我回答。「怎麼啦？你為什麼沒有辦法解釋？是有什麼不可告人的事情嗎？」

這種時候，謊言必須控制在一個。根據經驗，一次說兩個以上的謊很容易自掘墳墓。如果我可以說唯一一個謊，這個謊應該要用來隱瞞初鹿野人在現場的事實。

我說：「我昨晚的確……」

但我說到一半時，有人插了話。

「他是跟我去看星星。」

我和遠藤同時看向聲音傳來的方向。

最先映入眼簾的，是一片占據半邊臉孔的藍黑色胎記。

仔細想想，這是我第一次在白天的光線下清楚看到她的胎記。

「我想，縱火應該是我們離開之後發生的事。」初鹿野以一派鎮定的表情說下去。「只要針對目擊證詞和小火災發生時間的前後關係再詳細調查，應該就能明白。」

她脅下抱著一個Ｂ４大小的咖啡色信封，解答了我搞不懂她為什麼會出現在這裡的疑問。多半是她缺席而沒能拿到課題與各式各樣的東西，才被笠井找來學校領取。

初鹿野穿制服的模樣，笠井應該已很熟悉，看在我眼裡卻顯得極為新鮮。明明只是一件平凡無奇、早已看慣的水手服，穿在她身上卻被提升到不同的次元，就像優秀的演奏者能讓樂器本來的意義跟著改變。

遠藤瞪向初鹿野有胎記的那半邊臉，毫不客氣地上上下下打量她全身，之後又注視著她的胎記。我也用眼角餘光窺看她沒有胎記的那半邊臉，那裡依然有著淚痣。那顆痣太小，讓我分辨不出是不是真的痣。

「妳叫什麼名字？」遠藤拿起筆，翻開滿是皺褶的記事本，彷彿要讓人知道掌握主導權的是他。「妳是一年級的吧，哪一班的學生？」

「我叫初鹿野唯，和他一樣是一年三班。」

遠藤握著筆思索一會兒，但似乎無論如何都想不出「初鹿野」的漢字怎麼寫，於是妥協地寫上片假名。

「所以還有另一個違反條例的學生？」他哼了一聲，闔上記事本。「那麼，妳說你們去那裡做什麼來著？」

「去看星星。」初鹿野毫不畏懼地說。「那一帶光害很少，最適合看星星。」

「妳喜歡星星？」

「比別的東西要喜歡。」

「昨天晚上有發生什麼有趣的事嗎？」遠藤試探地問。

初鹿野思索了一會兒，答道：「我在深夜一點到兩點左右看見流星雨，一個小時內大概有三十顆左右的流星。」

「喔？還有呢？」

「我想，流星雨大概不是只有一波，因為有兩、三個輻射點(註7)。」

「不是大概，那是水瓶座的δ（Delta）、ι（Iota）流星雨，還有魔羯座的α（Alpha）流星雨。」遠藤說得輕描淡寫。「說得再精確一點，δ和ι分別還分成北支和南支，縮寫分別是NDA、SDA、NIA、SIA，因為彼此的輻射點很接近，所以很難區別，但基本上是不同波的流星雨。不過大部分都是SDA就是了。」遠藤輕而易舉地說出這些知識。「既然喜歡星星，至少該記住這點知識。」

我忍不住交互看著他們兩人的臉。儘管兩人都面無表情，但總覺得先前兩人之間充滿敵意的火花已經平息。

「看樣子你們說是去看星星，倒不是說謊。」

遠藤說完這句話，彷彿就對我們失去興趣似地轉回去面向辦公桌，並揮揮手趕我們離開，看來深夜外出的事他也不追究了。我和初鹿野一起一頭霧水地走出辦公室，臨走時，還聽到遠藤從我們身後說：「英仙座流星雨就快到了，可別錯過啦。」

流星雨。

原來昨晚初鹿野會從椅子下來躺好，是有這種原因。

註7：輻射點是流星雨在天空中的發源處，對行星上的觀測者而言，流星看起來似乎都來自該處。

但我連一顆流星都沒注意到，因為那裡有著比星空更值得看的東西。

走出辦公室後，我說的第一句話是道謝。

「妳幫了我大忙。」

初鹿野對我連看也不看一眼，逕自往前走。換成是平常，我在這個時候就會退縮，但她剛剛將我從困境中解救出來的事實推了我一把。

「原來妳早就發現我在跟蹤妳啦，那妳為什麼都不說？」

初鹿野停下腳步，有話想說似地張開口，但還是什麼都沒說又再度跨出腳步。

「跟蹤妳讓我覺得很過意不去，也難怪妳會生氣。可是，因為有過公園那件事，我一直很擔心妳，怕妳會不會又動起不好的念頭。」

與其說這種像在辯解的藉口，還不如老實說「我喜歡妳的歌聲，想再聽一次，所以一直跟蹤妳」來得好。但我只顧著解開誤會、表達誠意，反而把真正想跟她說的事情擱置在後。

如果可以，我很想把自己臉上胎記消失的理由解釋給她聽——我從國小四年級那時候就強烈受到妳吸引，並且一直覺得只要臉上沒有胎記，也許妳會願意正眼看我。結果

有一天，有個神祕女子打電話來，向我提出一場類似《人魚公主》的賭局。胎記消失固然很好，但我如果無法和妳兩情相悅，就會化為泡沫消失……

真是夠了，哪有人會相信這種荒誕不經的事？即使真能讓她相信，換個角度來看，也難保她不會解釋為我是以自己的性命要脅，逼她對我有好感。從她的角度來看，我那麼說就和「要是妳不愛我，我就會死掉」是同等意思。我不想做出這種像是拿菜刀抵在自己脖子上求愛的事情，所以什麼都不再說，只是一直走在初鹿野身邊。

初鹿野轉頭看了我一眼，深深嘆一口氣，像是比耐性比輸了似的，總算開口：

「……我知道陽介同學是真心為我著想。」

她說到這裡沉默了許久，花很多時間思索接下來該怎麼說。我也閉嘴不說話，耐著性子等她再度開口。

「所以我也……打算盡可能用最誠懇的方式，把我真正的心意告訴你。」

她從正面看著我說：

「不要再管我了，你這樣會造成我的困擾。」

初鹿野轉身背對我要跑走，我想也不想就先抓住她的手，拉住她問出保留到最後的問題。

「我跟參葉國中的畢業生問了妳國中時代的事。」

看得出初鹿野的瞳孔擴大。我們的臉就是靠得這麼近。

「去年夏天，在那空白的四天裡，妳出了什麼事？」

這是個危險的賭注。本來我應該慢慢解開她的心結，先除去所有障礙才慎重地問起。在這個階段就劈頭踏入核心，不但有可能得不到回答，還有著加重她警戒心的危險。但我已經沒有時間去選擇手段。不管怎麼說，這個問題確實已撼動了她，那麼，除了趁還能談話的時候問個清楚以外，我別無他法。

她果然被這個問題逼得首次露出明顯的情緒。

只可惜是以最糟糕的方式表現出來。

「……你為什麼就是不肯放過我！」

在兩、三次強忍似地眨眼後，溢出的一滴眼淚沿著她的臉頰流下，緊接著眼淚宛如潰堤般接連流出。初鹿野彷彿不想讓我看到她哭泣的臉，轉身背對我，用手掌連連擦拭臉頰。看起來連她也不明白自己為什麼會流淚。

看到她這模樣，讓我滿心都是罪惡感，覺得自己淪為一個邪惡無比的人。

無論我怎麼掙扎，也許到頭來都只會傷害到她——我有了這樣的想法。

初鹿野逃避似地跑走，我並未追上。初鹿野察覺到我是由衷喜歡她。她為了防止我背黑鍋而為我說謊，這讓我確信我所愛的初鹿野至今仍然活在她心中。她盡力正視我，誠懇對待我，但還是拒絕我。

這麼一來，我還能做什麼？

如果這時候我再冷靜一點，也許就不會忽略初鹿野的淚痣微微糊掉；也許就會注意到她用手掌擦拭眼淚後，用水性筆畫出來的痣消失了。

但我就是沒注意到。我無法直視她哭泣的臉，覺得要是正視她的臉達到五秒以上多半會發瘋。我動搖得太嚴重，早就把淚痣的事情忘在腦後。

結果是笠井先叫了呆站在走廊上的我。他從辦公室走出來，看到我之後只微微對我招手，叫了我一聲「深町」又回到辦公室裡。

我以空洞的表情站到他的辦公桌前，笠井說：

「首先，我有一件事得先跟你道歉。我查過你和初鹿野在國小時代的關係了。」

笠井對我低頭。

「看樣子你說得沒錯，你們兩個以前真的是好朋友，我不該懷疑你。」

「哪裡。」我不太感興趣地搖搖頭回答：「換成是我站在笠井老師的立場，應該也一樣會感到懷疑吧。」

笠井從口袋拿出手帕，擦了擦額頭上的汗又收回口袋裡，然後噘起嘴長長嘆一口氣，雙手抱胸深深靠在椅背上。

「這三週來，我一直在仔細觀察你。我心想你一定會露出馬腳，所以不厭其煩地等你顯露出本性，但我得出的結論是，至少現在的深町不是那種會遭人深深怨恨的人……那麼，問題來了，這就讓我更加搞不清楚是怎麼一回事。為什麼初鹿野會說不想來有你在的學校上學？而且，假使她是討厭你討厭得不得了，為什麼剛才又會特地插進你和遠藤老師之間幫你說話？真要說起來，為什麼參葉國中出身的初鹿野會來念這間高中？有太多地方讓人想不通了。」

看來他不是要在我身上得到這些問題的答案，我也就只回以贊同的點頭。

「話說回來，如今就算解開這些謎題也晚了。深町，我現在一點都不覺得錯在你身上。但不管怎麼說，這都是已經確定的事實，我會等放完暑假再告訴大家，現在就早一步告訴你。」

「老師是指什麼？」

「初鹿野說要從美渚第一高中退學。」

笠井在嘆氣聲中說出這句話。

根據笠井的說法，今天初鹿野之所以會來教職員辦公室，是為了辦理退學手續。聽說在我來之前不久，她的母親都還在辦公室裡。最後的諮詢已經談完，正準備道別時，我就出現在辦公室。笠井為了帶我去見遠藤而離席，初鹿野則坐在原處等笠井回來。等笠井辦完事回來，她正要走出辦公室，就目擊到我被遠藤審問的情形，猶豫了一會兒後決定來救我。

我對笠井道謝，走出辦公室，漫無目的地在校內遊蕩良久才離開學校。太陽剛沉入地平線後的深藍色天空下，萬物都褪為藍色。初鹿野哭泣的表情一再從我腦海中浮現又消失，每次都漸漸地卻又紮實地磨耗掉我的精神。

我越想追上去，越覺得她離得更遠，而且，事實上她也真的試圖遠走高飛。雖然不確定她要去哪裡，但總之是要去一個我碰不到的地方。

我開始想像，不知道化為泡沫消失會是什麼感覺。大概不會痛吧？就只是自己的存

在感變得越來越稀薄、越來越不確定，漸漸融入波浪當中。我覺得就一個戀情破碎、在失意的深淵中漸漸心死的人所要走上的末路而言，這種死法實在是適切得不得了。

當然在這個時候，我並不是已能切身想像自己的死亡。等我能夠切身想像時，已是在半個月後，親眼目睹有人實際化為泡沫消失。

*

我沒有心情直接回家，直接走過家門前，腳步自然而然走向有人的方向。我穿過兩旁店家都拉下鐵捲門的街道，在一條長而緩、有著好幾間居酒屋和小酒吧比鄰而立的坡道上漫無目的地遊蕩，結果卻和意料之外的人物重逢。

我看著以紅光照亮店頭的紅燈籠與顏色花俏的招牌，感覺似乎有人在叫我的名字，但周圍沒有人影。我往四面八方查看，但找不到出聲的人。正當我心想是自己聽錯店裡的聲音時，又聽到更清楚的聲音叫了我的名字一聲。

我抬起頭，和一個從居酒屋二樓陽台低頭看著我的人四目相交。檜原說「你在那邊

等著」然後回到室內，幾秒鐘後，二樓的燈光熄滅。我在人行道的路緣石上坐下，等他下樓。

檜原裕也是我國中時代的朋友。畢業典禮那天晚上，我們幾個分成求職組和升學組，打了一場四對三的架，他也是其中之一。他跟我一樣是升學組的。

檜原就讀的美渚南高中，評價比我讀的美渚第一高中要差一些，而他之所以考這間學校，完全是因為他對升學去處一點都不執著。檜原有著遠非我所能相比的優秀頭腦，他之所以不來念美渚第一高中，是因為他只想去徒步就能通學的高中。

也許我沒有立場說這種話，但檜原是個很奇妙的人。他考試的成績基本上都在平均分數以下，但有時候會故意示威似地考出所有科目都達到總分九成左右的分數，讓人嚇一跳。不用說也知道他每次這樣做時，就會有人懷疑他作弊，但到了二年級後半，老師們也都漸漸肯定他的潛力有多麼驚人。老師們異口同聲地說，檜原真是可惜了，如果他認真念書，輕輕鬆鬆就能考進校內前十名。

檜原對提升在校成績與誇耀學力沒有興趣，我曾有一次聽他本人說起他偶爾會拿出真本事的理由。

「我是想讓大家嘗到沒天理的滋味。」他以響亮的低音這麼說。「我希望他們痛切

感受到他們花一個月學習的東西，有人三天就學得會。」

「你是想啟蒙大家嗎？」我問。

「可以這麼說。也就是說……假設有個地方，有個女人覺得自己是美女，並有著中等程度的頭腦。這個女人有一天遇到一位她根本沒得比的完美美女，讓她受到莫大的震撼，恨不得把世上所有的鏡子都打破。那麼，接下來她會採取什麼行動？」

「讓美女吃毒蘋果。」

「笨蛋。」他噗哧一笑。「想也知道是會開始培養容貌以外的東西，畢竟她已經痛切感受到，這世上有著她正面對決絕對贏不了的對手啊。也就是說，我是在用這種方式啟蒙這間學校的學生。」

他就是個會若無其事地說出這種話的人。

如果用消去法來說，我國中時代最親近的朋友應該是檜原。無論是我或檜原，都無意打進那些健全的傢伙組成的圈子裡，但又怎麼想都不覺得那些壞學生的圈子裡有自己的一席之地，所以不管待在哪裡都覺得格格不入，這種不自在的感覺讓我們兩人一起行動的機會自然而然地增加。

我對你別無所求，你也不要對我有所冀求——這就是我們兩人間的默契。說穿了，

我們是為了度過充滿無聊與不合理的國中生活而組成同盟，彼此都只把對方當成「好用的朋友」這點反而可喜。

「久等啦。」我聽見檜原的聲音，然後看見他沿著戶外的老舊鐵骨樓梯走下來。他穿著刷白的T恤、牛仔短褲與黑色沙灘鞋，打扮十分輕便。我們一靠近，他就戲謔地用拳頭往我胸口輕輕一敲，「好久不見，你過得還好嗎？」

「普普通通。」我抓住他的拳頭推回去。

「你的臉是怎麼啦？胎記跑去哪裡？動了手術嗎？」

「自然消失的，就像嬰兒的蒙古斑會隨著成長消失一樣。」

他雙手抱胸，扭轉著脖子。「真可惜，我倒覺得你以前那樣比較好。該怎麼說？你的胎記有種狠勁。」

「謝謝你。可是，要過平凡的高中生活，根本不需要狠勁。」

「你？過平凡的高中生活？」檜原露出懷疑的眼神問道。

「對，平凡的高中生活。四月以後，我不曾打過人也不曾被人打過，不在體育館的倉庫喝酒也不在逃生梯抽菸。我過著沒有任何過與不及、很平靜的高中生活。」

當然，這種「平凡」是把有關賭局的種種都剔除在外才得以成立，但即使我跟檜原

細細解釋清楚也不是辦法，他頂多只覺得我在開一個很費心思的玩笑。

「真沒想到深町陽介竟然會平凡地歌詠高中生活。」檜原說得一副佩服的樣子。

「檜原你呢？還是老樣子嗎？」

「該怎麼說呢？」他面露難色。「我有個東西要讓你看，這也可以順便讓我說明清楚。既然你在這種時間來這種地方遊蕩，應該不會沒空吧？」

檜原不等我回答就跨出腳步，我也沒怎麼多想就跟上去。

他帶我去的地方，是一處被很高的圍牆圍住的公寓大樓的停車場。他假裝成只是要抄捷徑而穿過停車場，令我完全放鬆戒心。儘管聽見停車場角落傳來低聲說話的聲音，但學生深夜在外聚集，在這個鎮上並不是什麼罕見的光景，所以我並未特別放在心上。

當我察覺到那些人是誰時，已經太遲了。

檜原從我背後推了一把，把我推到他們身前。

蹲著講話的四個人一起看向我，露出懷有惡意的笑容。

「這些傢伙很纏人，一直要我想辦法帶你來。」檜原說著，哈哈大笑。「我做夢也沒想到你竟然會自己出現在我面前，可省了我不少功夫。」

我搔了搔後頸，試圖想起這幾個已經很久沒見的傢伙叫什麼。沒錯……從左到右依序是乾、乃木山、三岳、春江，就是在畢業典禮後和我大打一場的求職組四人。

我知道他們對那天那場架懷恨在心，春天前後還不時會打電話找我，或是在我家門前堵我，但這段時間我一直待在病房，也就沒撞見他們。我原以為過了四個月的現在，他們的怒氣也該消了，但看來我太小看他們的執著有多深。

如果他們跟我有仇，應該也跟同樣是升學組的檜原有仇，但這次檜原似乎站在他們那一邊。多半是他們跟他說，只要他出賣我就會放他一馬。檜原這個人為了保護自己，出賣起自己人一點都不會猶豫。與其說他自私，不如說他純粹就是無情。

「上次見面是畢業典禮的時候嗎？」個子最高的乃木山說。「聽說你直到最近都在住院？」

「畢業典禮那天晚上，我跟你們分開後出了意外，害我的春假延得很長。」

乃木山一笑，其他三人也跟著笑了。我心想，這四個人之間的權力關係多半到現在還是沒變。看來他們和國中時代一樣，乃木山的地位遠比其他三人要高。

「你應該知道接下來會發生什麼事吧？」乃木山問。

「誰知道呢？我們六個人一起喝酒敘舊嗎？」

乃木山又笑了，其他三人也陪笑。檜原面無表情地看著他們大笑，似乎無意站在我這邊。他就是這樣的人，我看自己的問題只能自己解決。

乃木山從一名跟班手上接過金屬球棒，試揮了幾次以後逼近我，挺出下巴說：

「春假延長你一定很高興吧？我聽說你住院也替你感到高興，畢竟朋友的快樂就是我的快樂嘛……然後，我想說不只是春假，乾脆幫你把暑假也延長好了。」

乃木山露出心滿意足的表情這麼說，其餘三人哈哈大笑。

我重新整理一遍狀況：眼前是一對四，看檜原的心情也可能變成一對五，其中一個人還拿著金屬球棒，無論我怎麼想，自己都沒有勝算。別管面子問題，拔腿就跑應該是最好的辦法，但他們已經慢慢逼近，把我逼到停車場的角落。

我心想，看來只能做好心理準備。盡我所能地抵抗看看，剩下的聽天由命吧——

事情就發生在我剛想到這裡的時候。

「深町同學？」

由於這群人擋在眼前，我看不見她的身影，但我不用看也知道這句話是誰說的。

乃木山慢慢轉過身去。

我背上竄過一陣寒意。

穿著制服的千草，露出不安的表情注視著我。

為什麼這麼晚了千草還在外頭？我仔細一想，想到千草說過今天是要開「美渚夏祭」籌備會議的日子。

怎麼會這麼不巧？

「原來如此。」乃木山彷彿獨自想通了似地這麼說。他的眼睛很利，似乎瞬間就理解我和千草的關係。

乃木山轉回來面向我，整張臉笑歪了，看似對接下來要發生的事非常期待。

狀況改變了。我已沒有時間猶豫，既然要行動，只是早一秒也好。對方尚未完全做好心理準備，在他因千草出現而分心的當下便是最好的機會，一旦錯過，再也不會有這般良機。

「喂，把她也帶過來。」乃木山對其他三人下令時，我在這時轉守為攻。我看準乃木山再度面向我的瞬間，一拳打在他鼻子上。他仰臥著倒地後，我用力踩他的手腕，從他放鬆的手上搶走球棒，並反手握住，用球棒的尖端朝乃木山的心窩用力一頂。乃木山原是雙手按著鼻子痛得不斷掙扎，這下子應該再也無法動彈。

聽到乃木山的悶哼聲，正要走向千草的其餘三人總算察覺到身後發生異狀。他們趕

緊要撲向我，但我舉起球棒牽制他們，緊接著再度用力朝乃木山的小腿揮下去，乃木山發出悲痛的叫聲。雖然我覺得有點對不起乃木山，但在這種以寡敵眾的狀況下有個定論，就是要針對集團的頭頭徹底打垮他，在頭頭與成員之間製造出狀況上的落差，將其餘人塑造成冷眼旁觀的人，而要營造這個效果就不能手下留情。

我忽然抬起頭，看到千草失去表情似地呆呆站在原地不動。我對她說：「妳在幹嘛？趕快離開！」她連連點頭，但沒有要移動的意思，說不定她是想動也動彈不得。

做為最後的表演，我朝乃木山的側腹部踢了一腳後，把球棒扔到狼狽得無法動彈的三人面前。球棒在柏油路面上碰撞出很大的聲響，我確定沒有人去撿後當場蹲下，深深嘆了一口氣，抬起頭說：「今天已經打成這樣了，可不可以請你們放過我？」

我擠出看似卑躬屈膝卻又令他們覺得我似乎胸有成竹的笑容。這當然只是虛張聲勢，如果剩下三人一起撲上來，我就無計可施。

「如果你們無論如何都看我不順眼，就拿那根球棒打我到消氣為止吧，這樣我們就算扯平。」

那三人面面相覷，然後朝縮在地上呻吟的乃木山看了一眼。其中兩人合力扶起他後，瞪了我一眼就默默離開。

最後只剩下檜原。

「那麼，你要怎麼辦？」我搔了搔後頸問他。

「也沒怎麼辦。」檜原聳了聳肩。「我只是被他們要求把你叫來。話說回來，剛剛那幾下真精彩，你還是一樣那麼果決。」

說完，檜原朝千草瞥了一眼。千草維持剛才叫我的姿勢僵在原地，檜原走向她，輕聲說：「不好意思，把妳扯進奇怪的事情裡。」然後就往和乃木山他們不同的方向離開。我心想那三人之所以會很乾脆地撤退，也許是因為無法完全忽略檜原出手幫我的可能性。

等他們的背影再也看不見，我才鬆一口氣，當場癱坐下來閉上眼睛。我是運氣好，事態發展完全如我所想只能說是奇蹟，要是還有下次，相信一定沒有這麼順利。

我一睜開眼睛，就看到千草低頭看著我。

她的眼神中並未蘊含任何感情，與其說是在看我，不如說是把我當透明人，看著我背後圍牆的紋路。

「剛才那幾位是？」她問。

「是我國中時代的朋友。」我回答得毫無虛假。

「國中時代……是嗎？說到這個，我沒問過深町同學畢業自哪所國中呢。」

「就如妳所想像。」

不可思議的是，我在笑，那是一種乾澀的笑。

指骨上還殘留著揍了乃木山一拳的感覺。我頻頻把手掌張開又握起，想揮開那種感覺，但源自手上麻痺感的渾濁激昂感覺遲遲不消退。

「美渚南國中就如傳言所說，是一間學生都不是什麼好東西的學校，就像我還有剛才那些傢伙一樣。」

千草短暫地思索一會兒。「我聽說那間國中的學生不時會聚集在鎮外的廢墟喧譁，深町同學也認識那些人嗎？」

「豈止認識，我就是其中之一。」

「原來是這樣啊？」她說這話的模樣倒未顯得特別驚訝。「原來深町同學曾經是個壞人。」

「是啊，就是這麼回事。」我揚起嘴角。「妳都問完了嗎？」

「是啊。」她點點頭。

我心想，這下連千草也討厭我了吧。想推託是辦不到的，即使先前那些行為是為了

保護她而做，到頭來那終究是野蠻的暴力行為。

但從某個角度來看，這個狀況也是我所期望的。我對荻上千草這個女生懷抱著一種自然的好感，而千草看起來對我也有同種類的好感。正因為這樣，我才一直覺得遲早必須讓她討厭我。

八月三十一日——仔細想想，那是暑假的最後一天。如果我無法在這天之前打動初鹿野的心，就會化為泡沫消失。我這個朋友突然消失無蹤，相信一定會讓千草十分難過。我與她之間的關係越深，她到時面臨的痛楚就會越強烈。

那麼，只要在離別來臨之前讓她討厭我就好。只要設法讓千草在八月三十一日前受不了我，即使那一天來臨、我化為泡沫消失，她也不會傷得太重。或許她會心想「早知道我就對他好一點」，但應該能避免造成致命傷。

我一直認為，遲早有一天得想個方法讓她失望。所以換個角度來想，也可以說多虧乃木山他們，讓我省下不少功夫。我得以用再明瞭不過的方式，把自己的汙點表現給她看。我得以親身證實深町陽介是個會和一群不像樣的傢伙來往，一出事就不惜動用暴力的人。相信千草一定對我輕蔑到了極點。這樣就好。

我從口袋裡拿出香菸，用打火機點燃。先把一口煙蓄積在肺裡良久，然後才慢慢呼

出來。

千草連眉毛也不動一下，一直凝視我這一連串的舉止。

等香菸有兩公分左右化為灰燼後，她打破沉默，開口說道：

「我想起來了，我還沒決定『請求』的內容。」

我眨了眨眼。「對啊，我們的確有過這樣的約定。」

——我錯看你了，請你再也不要跟我說話。

我一直覺得她會說出這樣的請求。

「深町同學。」

千草的表情一鬆。

「請你帶壞我。」

這是發生在七月三十一日晚上的事情。

香菸從我的嘴上掉落，在柏油路面上激出小小的火花。

第6章 那年夏天，我撥去的電話

美渚第一高中指定八月一日為全校返校日。學生必須在上午九點以前返校，有一段比平常長一些的級任導師通知事項時間，然後是三十分鐘的休息時間。十點起則要在體育館聽校長講話，結束後一回到教室就要開始進行對大部分學生來說最重要的事項——校慶的相關討論。從各班要舉辦的節目、進行分組（有需要的話），到下次集合的日期與時間等等，全都必須在這一天之內決定，因而有些班級甚至會討論到最終離校時間的傍晚七點半為止。

意外的是，校長講話不到十分鐘就結束了。當我們從蘊含全校學生的體溫而悶熱不已的體育館回到教室，期待接著要開始進行校慶準備的第一階段討論時，我探出上半身對隔壁的千草說：

「好像會討論很久，我們開溜吧。」

千草眨了幾次眼後，笑咪咪地說：

「十分鐘後，校門旁邊見。」

千草在我耳邊這麼說，迅速收起東西，以非常不著痕跡的動作溜出教室。由於她離

開得光明正大，儘管吸引了幾個人的視線，但她的態度極為自然，目擊者似乎都各自做出一番解釋來說服自己。

只有坐在我前面的永洞產生疑問。「荻上是身體不舒服嗎？竟然會早退。」

「也許吧。」我一臉不知情的表情回答。「說不定只是蹺課。」

「怎麼可能？」永洞挑起一邊眉毛笑了笑。「全班離這個字眼最遠的就是荻上。」

「說得也是。」

我對永洞表示贊同，抓起書包站起來。

「喂喂，該不會連你也要早退吧？」

「我身體不舒服嘛。」

我擋開永洞的追究，溜出教室。為了不被老師撞見，我經由與通向體育館的走廊相連的樓梯下樓，把室內鞋塞進鞋箱，一手提著室外鞋，走不用從教職員辦公室前面經過的迂迴路線來到校舍外頭。

千草明明先離開教室，卻比我晚到校門。看見她一認出我就小跑步朝我跑來的模樣，讓我有種無以言喻的不對勁感覺，但我不知道到底是什麼事情讓我覺得不對勁。

「對不起我遲到了。」千草氣喘吁吁地說。

我們並肩跨出腳步。由於校舍的窗戶全都打開，這一帶也能夠微微聽見從窗戶洩出的鼓譟聲與笑聲。

「我這輩子第一次上學上到一半就溜走呢。」

「反正這一天根本不算在出席日數裡，蹺了就贏了。」

「深町同學真是個壞人。」千草一臉看似覺得好笑得不得了的表情。「那麼，我們接下來要去哪裡？」

「誰知道？我還在想。」

「不然，我們先找個地方坐坐，兩個人一起慢慢想吧。」

我們看到公車等候處就走了進去。這個有屋頂的老舊候車處，正適合用來邊躲太陽邊想事情。由於一、兩個小時才會有一班公車，我們也不會被誤以為是要搭車的乘客而造成司機的困擾。鍍鋅波紋鐵皮製的牆壁上有很多破洞，到處都貼著二手車收購業者與小額信用貸款的傳單，還有馬口鐵製的招牌，貼得整面牆彷彿成了一幅鑲嵌畫。

我看著坐在椅子上的千草伸直雙腳，這才注意到自己剛才到底是覺得哪裡不對勁，是她的裙子比平常要短。雖說比平常要短，但頂多只到膝上十五公分左右，穿這種長度的裙子的女生，在美渚一高裡要多少都找得到。但平常穿起制服可說是一板一眼、絕不

馬虎的千草這麼穿，就給人非常新鮮的感覺。

以前我不曾深入想過膝蓋這個部位的美醜，只做出粗或細之類的概略分類，但在看到千草膝蓋的瞬間，不得不改變原本的想法。膝蓋也和眼睛、鼻子和嘴巴一樣，是個人差異極端明顯的身體部位之一。區區幾公釐的差別就會給人大不相同的印象，是個纖細且表現力強大的部位。而千草的膝蓋在我過去所看過的膝蓋當中，有著最理想的形狀。她的膝蓋沒有一絲皺紋，描繪出優雅的曲線，讓我想到燒製得極為精美的白瓷花瓶。

「那也是為了『讓爸媽失望』的行動一環嗎？」我看著她的膝蓋問道。

「啊，原來你發現啦？」千草像要隔開我視線似地把書包放到膝蓋上。「就是這樣，我故意弄短的，但總覺得很不自在。」

「妳穿成這樣感覺好新鮮。」

「對不起，讓你見笑了……」千草按住書包，像鴿子喝水似地連連低頭道歉。

「妳的腳這麼漂亮，應該要多點自信。」

「會嗎……謝謝你的誇獎。」

千草仍然低著頭，有點難為情地道謝，始終不移開放在膝上的書包。

「國中三年級的某一天，我忽然發現自己極為平庸，多得是人可以代替我。」

我被乃木山他們攻擊的那一晚，檜原離開後，千草對我說「請你帶壞我」。我原本以為她要跟我絕交，這句話完全出乎意料之外。我把不禁從嘴上掉落的香菸踩熄，在腦海中重複一次她的話。

——請你帶壞我？

「對不起，這麼說你一定聽不懂吧？」千草撇開目光，用食指搔了搔臉頰。「我照順序解釋。雖然我也不知道能不能讓你了解……」

於是她開始斷斷續續地說明，說到在她國中三年級的某一天，去上面試技巧的講座，結果促使她發現，原來她沒有任何一句話可以用來描述自己這個人，不由得驚愕不已。她說，那是她第一次發現，自己以前只是聽爸媽的話度日，自己從未做過任何一次稱得上是選擇的選擇。

「說穿了，我是個空殼子。」千草的聲調像在唸已經寫好的文章。「雖然我從來不曾失敗，但也從來不曾成功。雖然我可以代替很多人，但也有很多人可以代替我。雖然誰都喜歡我，但我無法變成任何人心目中最重要的人。荻上千草就是這樣一個人。」

她目光低垂，露出自嘲的微笑。

「當然，大多數人多多少少都有這種情形，只是程度不一。可是在眾人之中，我的平庸極為突出。每當朋友們說起過去的經驗，我都感到很不自在，覺得有人在背地裡嘲笑我，有時候甚至覺得自己受到指責，似乎有人指責我說：『妳從各方面來說都缺乏人生經驗，只是個空殼子，沒有任何一件事可以用來描述自己。』」

她似乎在回想當時的痛苦，語尾微微沙啞。

「我身邊也有很多像我這樣沒有內涵的人。我以前就讀的參葉國中，簡直是一間蒐集了過著無趣人生的少女之標本的學校。學生們都是些這樣的人，對於走在事先鋪設好的軌道上從未抱持任何疑問，只是決定要坐在第幾車廂的哪個位子上，就誤以為自己做出什麼重大的人生抉擇。然而也不知道是怎麼回事，她們似乎覺得自己是頗有個性的人。看在我眼裡，只覺得她們暗中有了協定，彼此間強硬地形塑出一種『我們很有個性』的假象。」

千草似乎擔心她說了這麼多，我會不會覺得無聊，頻頻窺看我的表情。我點點頭表示自己有在聽，要她繼續說下去。

「這樣的關係讓我覺得有股寒意，所以突然改變升學的志願學校。我覺得只要去到別間學校，也許會有些改變。雙親當然反對，但我扯了各式各樣的理由，好不容易才說

動他們。這是我第一次明白反抗爸媽的意思，滿心雀躍地覺得自己總算踏出人生的第一步……可是到頭來，即使我進到美渚第一高中，我這個人最根本的部分還是沒變，只是從一個隨處可見的開朗女生，變成一個隨處可見的文靜女生。」

千草說到這裡，抬起頭來直視我的眼睛。

「深町同學，我想跳出這個框架。我不認為自己有任何勝過別人的地方，所以希望至少能做些讓人皺眉的事、做些會被老師責罵的事、做些會讓爸媽失望的事，來逃脫事先安排好的一切。不管是多髒的顏色都行，我想要添加一些色彩，把我變成更純粹的我。你願意幫我這個忙嗎？」

她這番話多得是反駁的餘地，畢竟我從不曾覺得千草是個平凡的人，她比別人優秀的地方更是要多少我都列舉得出來。何況真正有個性的人，在這世上就只有那麼一小撮，而且找我這個比她更平庸的人來幫她解決問題，也是錯得離譜。

但我吞下這幾句已經衝到喉頭的話。那是最關鍵的當事人千草徹底思量一番後得出的結論，不是認識她還不到一個月的我可以用一般理論評斷的問題。既然千草說她想跳出框架，那就是正確答案。即使她是錯的，經過徹底思量後才犯下的錯誤，仍有著媲美正確答案的價值。

「好，我幫妳。」我答應了。「可是，要我帶壞妳，具體來說要做什麼才好？」

隔一會兒後，千草說：

「明天——只有那麼一天也沒關係，可以請你把我當成你國中時代的朋友看待嗎？我想體驗看看深町同學以前和朋友們度過的那種不健全的日子。」

我心想，這點程度應該沒什麼關係。說老實話，我根本不希望千草跳脫框架，而且擔心我們兩人相處的時間越多，離別時會越難過。但如果只有一天，應該差不了多少，以後多得是機會可以平反。如果這樣能讓她的心情好起來，陪她玩玩又有什麼關係？

說不定第一次見到她時，她所說的「請你為我的自由祈求」就是這件事。

「你想到什麼主意了嗎？」千草把放在膝上的書包輕輕挪到一旁，對我問道。

我搖搖頭。「臨時想做壞事反而想不到。」

「我們先限定一下狀況吧。」千草迅速豎起食指。「深町同學在國中時代，曾經和朋友擅自溜出學校嗎？」

「多得數不清。」

「其中有沒有哪一天讓你留下深刻的印象？」

我回溯記憶。

「啊啊……對了，我國二的夏天時曾經裝病，第五節課就早退。我和朋友挑了不同時間各自早退，然後就像今天這樣，在學校外面碰頭。」

千草立刻追問下去。「請你把那天的情形詳細說給我聽。」

「記得我避開旁人耳目，從自動販賣機買了香菸，然後在檜原的房間裡喝酒。啊，檜原就是昨天晚上唯一對妳道歉的那個男生。他家是開居酒屋的，所以有很多酒可以喝。記得當時我們連酒該怎麼喝都不太懂，也不考慮步調就一直喝，兩個人都轉眼間就喝醉，還輪流在廁所嘔吐。」

「好好喔，聽起來好開心。」

千草莞爾地瞇起眼睛，然後忽然想到什麼似的。

「我們就來做這件事吧。」

「妳的意思是？」我問。

「就是說，來我家喝酒。」

「妳是說真的嗎？」

「是。不用擔心，我想我家應該有很多酒可以喝。」

千草站起來，輕飄飄地跳到候車區外的太陽下，轉身對我小小招了招手。

「我們走吧，深町同學。」

走下一條長而彎曲的坡道後，海潮的氣味漸漸變濃。千草家位於一處巷道錯綜複雜的住宅區裡。

昨天送她回家時我也想過，她家就是典型小有財富的人家。磚造風格的建築、整理得工整的草皮、洗得光亮的高級車、各種工具齊備的車庫、擺放很多有品味小東西的玄關，儘管每一樣都超出平均分數，但由於花費的金額要多不多、要少不少，反而清楚突顯出房子的主人有所妥協。這裡就是這樣一棟房子。當然如果拿來跟我家相比，他們家肯定是相當有錢。

我在千草的帶領下從後門進到她家。這棟房子蓋在斜坡上，一樓和二樓都有玄關，面向寬廣道路的二樓玄關被當成正門使用，面向狹窄人行道的一樓後方玄關則似乎很少使用。若要不被千草的家人發現而溜進她家，這樣的房屋構造可說是再合適不過。

走廊上沒開燈，我小心不要碰撞出聲響，跟隨千草的背影在走廊上前進。看來一樓與二樓的配置顛倒並不只有在玄關這個部分，像客廳和廚房等等都在二樓，寢室與小孩

的房間則似乎在一樓。雖然就只是這樣，卻讓我有種不自在的感覺，好像在單行道上逆向行駛。

進到千草的房間、關上門鎖好後，我深深嘆一口氣。房間裡的冷氣很強，很舒適。她說「請坐」，於是我在咖啡桌前的椅子上坐下。包括桌椅在內，整個房間的擺飾都以深咖啡色的傢俱統一。以十六歲女生的房間來說，也許太沉穩了點。還是說最近女生的房間都是這樣？

「我偷偷帶了男生進家門。」千草說。「要是爸媽知道，事情就嚴重了。」

「我會祈禱事情不要弄成這樣。」

「而且我帶進家裡的男生，還是曾經是壞人的深町同學呢。」

「我姑且先問問，要是被發現會怎麼樣？」

「不會怎麼樣，只是會變得非常尷尬。我想無論是爸爸還是媽媽，一定都不知道該怎麼對待我才好吧。這種情形也不壞。」

「也是啦，對於一切都太過和諧的家庭來說，也許有時候真的需要一點混亂。」

「是的，所以深町同學什麼都不用擔心。」

千草打開小櫃子的門，拿出兩個純白的小酒杯，又從下面的抽屜拿出一個水藍色的

三合瓶（註8）。畫著人魚圖案的瓶身標籤上，以毫無特色的字跡寫著「人魚之淚」，那是美渚町居民無人不曉的地方特產酒。

「不知道為什麼，我家常常收到別人送的酒，但家裡誰都不喝酒，所以越堆越多。廚房裡還有六瓶一樣的酒，想喝的話請自便。」

「謝謝，不過我就別喝那麼多了。」

我們互相在對方的小酒杯裡倒酒，然後不約而同地在咖啡桌前跪坐好，小聲乾杯。千草一口氣把整杯酒喝下去，皺起眉頭說「滋味好怪」，接著又從瓶子裡倒了第二杯。

「瓶子這麼漂亮，我一直以為滋味應該更清澈一點。」

「是啊，意外地辣口。」我也喝乾第一杯，斟好第二杯。「那麼，沾染未成年飲酒的惡習感覺怎麼樣？」

千草正要端到嘴邊的小酒杯在胸前停下，她靜靜地微笑說：

「非常興奮。」

「太好了。」

註8：即容量為三合的瓶子，一合為一百八十毫升。

「……啊，對了，請你等我一下。」

千草說完再度拉開小櫃子的抽屜，拿出一個小玻璃瓶放到咖啡桌上。

「請你當菸灰缸用。你不是有在抽菸嗎？」

「謝謝，可是我不是抽得那麼頻繁。而且要是在這裡抽，房間會沾上菸味……」

「請你抽菸，我也想抽抽看。」

我從書包裡拿出香菸，抽出兩根，一根遞給千草。

「若葉。」千草唸出菸盒上的字。

「是三流貨色，難抽但是便宜。」

我把打火機的火送到千草面前，她戰戰兢兢地叼著濾嘴，把香菸前端往火湊。我指揮她說「吸氣」，香菸的紙捲微微發出紅光。

千草吸進一大口，果不其然被嗆到了。她眼眶含淚地連連咳嗽好一會兒，怨懟地瞪著夾在手指上的菸。然後她吸了第二口，這次沒被嗆到，慢慢地把煙吐出來。我也把自己的菸點著，兩人默默抽著菸。

「我覺得自己總算明白了。」

千草邊學我用香菸敲敲瓶口邊緣甩掉菸灰，邊這麼說。

「妳明白了什麼？」

「有時候你身上會有的氣味，原來是這個啊。」

「我身上的菸味那麼重嗎？」我不由得嗅了嗅襯衫的衣領。

千草嘻嘻一笑。「不會，氣味真的很淡，一般人不會發現。」

我們抽完菸後，再度將酒倒進小酒杯裡。

「妳其實不必勉強自己喝很多。」看到千草立刻把第三杯喝光，我這麼說。

「可是，既然都要喝，不就會想喝醉一次試試看嗎？」

千草說著，斟好第四杯。

油蟬在紗窗外鳴叫。由於室外很明亮，房內就相對的令人覺得昏暗。這是個典型令人感到慵懶的八月夏日午後，我們邊天南地北聊著邊一直喝酒。

千草看似文靜，酒量卻很強，我跟著她的步調一起喝酒，卻早她一步開始覺得意識變得模糊。

「深町同學，你怎麼了？想睡覺嗎？」

也許是受到酒精的影響，千草心情非常好地對我這麼問。她明明應該是坐在我對面，不知不覺間卻來到我身旁。但也說不定挪動位子的人是我，我對時間先後的記憶變

得很模糊。
「我好像有點醉了。」我說。
「我可能也是一樣，總覺得好開心。」千草瞇起眼睛，說話有點咬字不清。「深町同學、深町同學，人喝醉酒以後通常會怎麼樣？」
「每個人不同，有人會變得極端不一樣，也有人完全不變。有人會愛笑，有人會愛哭。這就是所謂的酒品吧？有人會突然開始訓話，也有人會溫和得像是變成另一個人。有人會睡得很甜，有人會變得很愛找碴，也有人會愛亂摸別人……」
「那我就是這種。」
我尚未反問她是什麼意思，千草就像斷了線的傀儡般朝我的肩膀倒過來。
「妳這是？」我掩飾著動搖問她。
「這就是我的酒品。」她以未能完全捨棄難為情的聲調回答。「我喝醉了便會想亂摸別人。」
「我說啊，荻上，酒品這種東西不是自己決定的。」
「不用擔心，事後我會跟你道歉。」
我被她用這種聽不太懂的邏輯辯倒，為了掩飾微微上升的體溫又點了一根菸。

「深町同學，你是那種喝醉了也不會變的人嗎？」千草問。
「不知道。我以前頂多只會喝太多而嘔吐，但都不曾好好喝醉過。」
「你想哭、想生氣都可以喔！就算你亂摸我，我也不會在意……啊，要是對我訓話就有點討厭呢。」
「荻上好像是喝醉了話就會變多。」
我用這種說法把她的改變當成玩笑，千草不滿地用頭往我肩膀磨蹭。
沒過多久，眼瞼越來越沉重。我事不關己地想著，看樣子我是屬於喝醉了就會想睡覺的類型，就這麼被吸進午後的瞌睡當中。
當我睜開眼睛時，太陽已經快要下山，房間裡變得相當昏暗。小酒杯裡的酒乾了，發出衝鼻的氣味。
臉頰有種碰到粗糙東西的觸感，我立刻想起自己是在千草的房間睡著了，趕緊跳起來，就聽到耳邊有人小小叫了「哇」一聲。
「早、早安。」千草露出生硬的笑容。
經過四、五次思考後，我總算理解自己處在什麼樣的狀況下。

看樣子我是拿千草的大腿當枕頭睡著了。

「原來我睡著啦？」我為了不讓她看出我的尷尬，揉著眼睛這麼說。「其實妳大可以叫醒我。」

千草微微清了清嗓子說：「……話說在前頭，是深町同學倒到我膝蓋上的喔。」

「我嗎？」我試著回想自己睡著時的狀況，但記憶有些空白，到了某一段便中斷。

「不好意思。妳的腳會不會麻？」

「不要緊。深町同學的酒量很差呢。」千草看我慌了手腳，笑逐顏開地說道。

「是荻上的酒量太好。」

我抬頭看看時鐘，時針指著傍晚七點半。

千草的視線仍然盯著咖啡桌上的小酒瓶。「深町同學，那個……剛才很對不起。」

「不，我才要說對不起。」

我們互相低頭道歉後，出現一陣難以形容的沉默。我為了填補沉默想要點菸，但又在即將點燃時打消主意，把菸收進口袋裡。

「差不多該去呼吸一下外面的空氣了。」

「這主意真不錯，就這麼辦吧。」

千草露出一臉得救似的表情同意。

夜晚的住宅區裡充滿各式各樣的氣味。魚、醬菜、味噌湯、馬鈴薯燉肉等各種晚餐菜餚的氣味，以及從浴室窗戶流瀉出來的香皂氣味，各種氣味接二連三乘著夜風飄來，刺激我的鼻腔，

千草走在我身旁，腳步有點虛浮。雖然不到踉蹌的程度，但重心會左右搖擺。

「該不會我睡著的時候，妳也一直在喝吧？」我問。

「誰叫深町同學都不醒。」

「我不是怪妳，是佩服妳。」

「這樣啊？要是想睡了，請你儘管說喔，酒量很差的深町同學。」

千草說得十分得意。

「好，夜晚終於到了，是壞人表現的時間。我們要做什麼樣的壞事呢？」

「妳不要太期待，我只是個小混混而已。」

我漫無目的地走著，腳步自然而然走向熟悉的方向，不知不覺中走上通往常去的商店街的那條路。不知道是不是錯覺，朝同一個方向的人格外地多。每次有人追過我們，

就飄來一陣止汗劑或防蚊液的味道。

「是有什麼慶典嗎？」千草說。

「也許是站前商店街的夏日祭典。這麼說來，印象中每年差不多都是在這個時期舉辦的。」

「難得來了，要不要去看看？」

「說得也是，目前我也想不到其他什麼事情可以做。」

我們順著人潮前往會場。平常商店街沒有什麼人，到了夜晚就令人心裡發毛，但這一天卻被多達數十個甚至數百個紅燈籠點綴得光鮮亮麗。道路兩旁有著整排的攤販，四周擠滿鎮上的年輕人。

「所以美渚町的慶典不是只有『美渚夏祭』啊。」千草稀罕地看著攤販這麼說。

「是啊，人好多。」我踮起腳尖，望向商店街最裡頭。「不過到了『美渚夏祭』，大概會有比這多好幾倍的人來參加活動。」

千草嘆一口氣說：「我現在就開始緊張起來了。」

我們暫且忘掉要做壞事這回事，從頭到尾逛過一遍攤販——炒麵、大阪燒、膨糖、捏糖人、棉花糖、刨冰、抽掛繩籤、釣水球、面具攤、撈彈力球。千草在撈金魚的攤販

前停下腳步，眼神閃閃發亮地看著在白色水槽中游來游去的金魚。

一名小朋友在水槽前蹲下，以認真的眼神瞪著金魚。他把紙網伸進水中，激起漣漪，水槽中許多小小的紅色金魚逃向四面八方。鮮豔的紅色呈放射狀散開的景象，讓我聯想到煙火。

「深町同學、深町同學，有一隻金魚有點怪呢。」

我站到千草身邊，往水槽裡仔細一看，發現她說得沒錯。在許多小型的紅色金魚中，混進一隻圓滾滾的胖琉金(註9)

「真的，還真稀奇。」

我想和千草共享這種驚奇，視線朝她看去，但她專注看著水槽裡的金魚，並未注意到我的視線。

我從旁看著千草的臉，在白熾燈泡的柔和燈光下盯著她的笑容，腦海中突然浮現一個念頭，懷疑自己是不是正置身在一種自己根本配不上的幸福當中。而且，這個想法是千真萬確的事實。儘管事到如今才發現未免太晚，但我仍立刻感到身體發燙，越想越覺

註9：中國文種金魚經由琉球傳入日本，得名「琉金」。

得流逝的每一秒都是無可替代的珍貴時光。

但同時，我也無法不去想，如果和我一起度過這每一秒的對象是初鹿野的話，那該有多好？如果在我身邊歡笑的是她，能讓我多麼滿足？

無視眼前的女生，想著不在場的女生，這讓我感到愧疚，於是從千草身上移開視線，轉向撈金魚的小朋友身上。

小朋友巧妙地運用和紙製成的網子。他試圖撈一隻金魚，但在即將撈到之際改變了紙網的角度，轉而去撈另一隻金魚。遭他放棄的金魚身上有著灑上白粉似的斑點，也許是生病了。

他之所以避開有著白色斑點的金魚，多半不是想到牠因疾病而短命的可能性較高，只是隱約覺得那些斑點令他不舒服，並非抱持明確的歧視心態。

我臉上還有胎記時那些躲著我的人，想必也是一樣的。他們並不是想到我基因上有問題，或覺得我罹患難以治療的疾病而躲著我，純粹是隱約覺得噁心、不想親近。

為什麼人類儘管腦子裡明知這些事物在本質上沒有什麼差別，但就是會被這種微不足道的外表差異蒙騙呢？明知道在薄薄一層表皮底下，全都大同小異。

但要是真有一天，人類無視本質、只以視覺資訊判斷美醜的愚蠢改善了，那麼，我

現在的這些感覺——無論是幾百隻金魚在白色水槽裡游來游去的美麗景象，還是看著千草的臉時內心油然而生的鮮明感受——都將從此消失。所以，我無法一概否定那種短視的想法。如果判斷的基準只剩下本質，想必世界會枯燥無味得駭人。

千草站起來說：「對不起，我有點看得出神了。我們去下一攤吧。」

「妳不玩撈金魚嗎？」

「是啊，我不擅長養活的東西。」

我們把攤販逛完一遍，兩人各買一杯堆得高高的刨冰，想找個地方坐下來吃。就在這時候，某個東西一瞬間闖入我的視野，讓我下意識地耿耿於懷。

那是一種隱隱蘊含著不祥的預感，令我耿耿於懷。我想也不想就抓住千草的手，視線往四周掃動。我的預感是對的，前方幾公尺出現幾張熟悉的面孔。

是乾、三岳、春江，也就是昨晚和乃木山一起試圖攻擊我的那三個人。他們並排坐在人行道的路緣石上背對著我，不知道在談些什麼。乃木山之所以不在場，不知是不是被我打傷的緣故。

就他們談話的情形來看，他們似乎不是為了報復在找我，純粹是來逛祭典，令我暗自鬆一口氣。但話說回來，要是他們現在看到我，也許會鬧出麻煩來。

「請問怎麼了嗎？」千草看看她被我抓住的手，又看看我的臉，露出有些緊張的表情這麼問。

「是昨天那些傢伙。」我放開她的手，壓低聲音說道。「看樣子他們不是在找我，不過一旦撞見，多半會很麻煩，還是趁現在回頭吧。」

千草踮起腳尖，順著我的視線看去。

「原來如此，是坐在那邊的那三個人吧？」

「沒錯，他們還沒注意到我。」

「深町同學。」千草朝我手上看了一眼。「你這杯刨冰可以給我嗎？」

「刨冰？現在不是說這個的時候……」

千草未聽完我的回答，逕自從我手上拿走裝著刨冰的杯子，快步直直走向那三人。我來不及制止，下一瞬間千草就把刨冰往他們三人的背上潑下去。摻雜固體與液體的綠寶石色彩劃出一道拋物線，灑到他們三人身上。那三人發出分不清是慘叫還是吼聲的叫聲轉過頭來，千草面對他們顯得一點都不畏懼，接著用拿在另一隻手上的那杯加了檸檬糖漿的刨冰從正面潑過去。然後，她轉身跑過來，抓住看傻眼的我一隻手。

「好，我們快跑吧。」

的確，看來是沒有其他選擇。

*

我想我們應該跑了將近二十分鐘，不知不覺間已經回到一開始的商店街。慶典似乎早已結束，燈籠的燈光一個不留地消失，大部分攤販都開始收拾，人影十分稀疏。

我最後再回頭看一次，確定沒有人追來後，我們在花圃邊緣坐下來喘口氣。心臟彷彿剛被釣上岸的魚兒一樣猛力掙扎，我全身噴汗，制服吸了汗水後那種硬邦邦的感覺很不舒服。

我沒辦法責怪千草怎麼這麼亂來，甚至還對她的舉動覺得感謝，畢竟那三人被她從背後潑刨冰而慌了手腳的模樣實在令我痛快，而且，我好久沒有嘗到這種被人追得全力逃跑的興奮感了。

「妳下次要做奇怪的事情時，可要先跟我說一聲啊。」

「對不起。」喘不過氣來的千草回答。

「可是，剛剛那一下幹得好，幫我出了一口氣，非常有壞人的樣子。」

「是嗎？太好了。」
千草仍然低著頭，瞇起眼睛。
我渴得不得了，手撐在膝蓋上站起來。
「我去買個飲料，妳在這裡休息。」
千草抬起頭來，默默點了點頭。我一路跑到幾十公尺外燈火輝煌的自動販賣機前，買了兩罐有著純藍標籤的運動飲料回來。千草要拿出錢包，我婉拒說「不用啦」，但她不肯退讓地說：「可是，我剛剛糟蹋了你的刨冰。」
我接過她遞來的五百圓硬幣，說：「那我們等一下就拿這筆錢去買些可以用來做壞事的東西。」
「我贊成。」
我們喝完運動飲料、丟掉空罐後，走進一家即將關門的超級市場買了煙火。然後，我們為了盡可能找出最不適合放煙火的地方，到處走了好一陣子。
「乾脆回去我們白天溜出來的學校，在運動場還是校內哪裡放煙火，你覺得怎麼樣？」千草提議。「不覺得這非常像是壞學生會做的事情嗎？」
「不壞啊。」我表示贊同。

要闖入美渚第一高中是輕而易舉的事，我們攀過校門，光明正大地往裡頭走，校內似乎沒有裝設什麼保全系統。儘管校舍總應該上了鎖，但如果只是在校地內遊蕩，多半不會遭任何人盤問。

或許是因為有著學校就是擠滿老師和學生這樣先入為主的想法，夜晚的美渚一高籠罩在一種彷彿一切聲響都被校舍的牆壁吸走似地過剩寂靜當中。緊急逃生出口的綠色燈牌，在窗戶的另一頭發出妖異的光芒。

走在體育館後面的沙地上時，我腦子裡忽然回想起結業典禮那天早上和永洞之間的對話。

「聽說游泳校隊的那些人，有時候會擅自在深夜闖進去練習。」永洞睜大眼睛這麼說。「你也知道我們學校的圍籬那麼矮，要闖進來並不難。晚上基本上也沒有人在巡視，所以聽說除非運氣非常差，不然根本不會被抓到。我說深町，暑假期間你要不要跟我一起闖一次看看？在一片漆黑的深夜游泳池裡隨心所欲地游泳的經驗，在其他地方可沒什麼機會能體驗。」

「的確，聽起來挺有意思的。」我點點頭。「但是深夜的游泳池，水溫可能會非常低，最好小心點。要是沒想清楚後果就跳下去，可會嘗到慘痛的教訓。」

永洞沉思了一會兒。「聽你的口氣，簡直像是過來人啊？」

「我是現學現賣啦，我國中時有朋友做過一樣的事情。」

這當然是說謊，我國中時代曾受壞朋友之邀，深夜一起溜進游泳池。那一天，天空一整天都布滿厚重的烏雲，游泳池裡的水冰冷得無以復加。我們連衣服也沒脫就跳進去，十分鐘後凍得嘴唇發紫，全身滴著水，急著趕路回家。

「水溫的問題我倒是沒想到。」永洞佩服地說。「看來有必要挑天氣特別熱的日子。這樣一來，八月初大概比較剛好吧……」

我們說到這裡時，笠井就開門走進教室，這段對話就此中斷。到頭來，我們也就只談過這麼一次溜進游泳池的事情，之後永洞也不曾提起，我則已經完全忘記這回事。

我並不是想游泳，但這一天正巧是今年第一個酷暑的日子，正是個非常適合夜間游泳的夜晚，而且游泳校隊為了方便訓練，應該會維持游泳池水的清潔。但話說回來，現在我身邊的人不是永洞，而是千草，我不能將她牽扯進深夜溜進學校游泳池游泳這種瘋狂的行為當中。

但我認為即使如此，光是在游泳池邊走走，應該也夠有意思了，於是就把永洞告訴我的事情說給千草聽。結果她對這個荒唐的提議表現出非同小可的興趣，催我說：「我

們一定要去，現在就去。」

我們越過不到兩公尺的圍籬，下到游泳池畔。理所當然，這裡黑得伸手不見五指，游泳池染成深藍色而看不到底。夜風在水面吹出小小的波浪，水波在邊緣撞散而輕輕作響，不時還有學校游泳池特有的消毒水味直衝鼻腔。

脫掉鞋子打起赤腳，就感覺到池畔的地面有種要熱不熱、要冷不冷，帶著微溫而粗糙的感覺。我捲起褲管，把腳尖伸進月光下閃閃發光的水面，冰涼得剛剛好的水讓我覺得非常舒暢。「這主意真不錯。」千草說著也脫掉樂福鞋與襪子，打起赤腳用右腳拇趾在水面劃著橢圓形。

我乾脆在游泳池邊緣坐下，把膝蓋以下都泡進水裡。剛才跑來跑去而發燙的腳得到均勻的冷卻，讓我有種整個人都活過來的感覺。我全身放鬆，就像破了洞而不斷洩氣的救生圈一樣，在游泳池邊慢慢躺下。

接下來好一會兒，我就這麼聽著水聲、看著夜空。唯一亮著的停車場照明燈照不到外圍的游泳池，即使比不上廢墟的屋頂，但這裡也有著用來看星星還挺不錯的環境。

當我再度想起星星，就無法不想起一個人，內心因而蒙上一層陰影，但我強行揮開腦海中浮現的她。已經過去的事，再懊惱也無濟於事。

我聽見游泳池邊傳來輕輕的聲響。我尚未想到那是千草把脫掉的制服丟到地上的聲音，就聽到一聲響亮的水聲。濺起的水滴灑到我臉上，讓我趕緊坐起。

起初我以為是千草不小心摔進游泳池裡，但看到她脫下來放在游泳池邊的上衣與裙子，就理解到她是故意跳進去的，而且，既然這些衣服放在我眼前，也就表示現在從水面探出頭來的千草身上只穿著內衣褲——不，搞不好連內衣褲都沒穿。

我太過震驚，說不出話來。她到底在想什麼？

「別嚇我。」我好不容易才說出這句話。「我還以為妳是滑倒了摔進去呢。」

「對不起。可是，水很冰很舒服呢。」

千草撥開瀏海這麼說。她白嫩的肩膀從水面露出來，讓我不知道該把目光往哪兒放才好。

我提不起勇氣和她一起游泳，坐在池邊不知該如何是好。千草一路走到游泳池畔，朝我伸出雙手。

「請拉我上去。」

我小小倒抽一口氣，小心避免視線交會地抓住她的雙手。但就在我要拉她上來的瞬間，她卻雙手用力一拉。我雙腳並未踩在地上，即使想站穩也是白搭，就這麼失去平衡

地摔進游泳池裡。

夜晚的水中一片漆黑，讓我完全看不出哪裡有些什麼東西。我胡亂掙扎了一會兒才總算踩到池底，接著從水面探出頭，用雙手擦了擦臉，四處張望想找千草，就聽到背後傳來笑聲。

「我說妳喔，要做這種事的時候，要事先……」我邊說邊回頭，發現千草的臉近在眼前。

我們在極近的距離四目相交。

這時千草臉上的表情，既不是歡喜也不是胡鬧，是我第一次看見的表情。如果一定要舉出相近的例子，我想那多半是驚訝的表情。就像整理倉庫時，找到一張以為小時候就弄丟的寶貴照片時會有的表情。

經過一段長而短的沉默，又或者是短而長的沉默。

我慢慢挪開視線，雙手攀在泳池邊。

「我去體育用品室看看，說不定會有什麼好玩的東西。」

「也對，如果有海灘球之類的就好了。」

千草回答得非常自然。

我在七月上課時就查看過，知道體育用品室的鎖壞了。無數浮板、助泳器、水道繩、地板刷等用品當中，摻進唯一一顆藍色海灘球。我把海灘球拿到清洗區用水管沖乾淨，然後往裡頭吹氣。把整顆海灘球吹飽氣並塞住吹氣口後，我為了鎮靜下來而做了幾次深呼吸，然後才走出體育用品室。

我猶豫了良久，但總覺得千草只穿內衣褲，而我全身上下都穿著衣服有點不公平，於是也脫得只剩一件內褲跳進游泳池裡。這一跳濺起了水花，嘩啦嘩啦落到游泳池邊。我把海灘球高高往上拍起，千草就高高興興地趕去追球。

看著千草白嫩的背，讓我又感到一陣頭昏眼花，但時而和她玩海灘球、時而隨興地游泳，過不了多久我就連那些念頭也漸漸不在意了。千草裸露著在深夜游泳池裡游泳的模樣實在太美，讓我無法把她當成情慾的對象看待。美這種東西一旦超越某個界線，就會跳脫各種慾念。

我們在游泳池裡玩耍的時候，千草有幾次直接叫了我的名字「陽介同學」。不可思議的是，聽她這麼叫我並不覺得突兀。以這時候我們所感受到的一體感而言，她不直接叫我的名字反而不自然。

我也試著叫她「千草」。我叫起來十分習慣，彷彿只是自然而然地隨口而出。

千草要我再叫一次。

「請你再叫我一次。」

我照辦了。

我們最後在自行車停放處點起線香煙火。我身上的衣服和頭髮還在滴水，在乾燥的柏油路面滴出黑色的痕跡。浸濕的上衣與內衣褲奪走體溫，讓我覺得有點冷。由於沒有點火用的蠟燭可用，我用打火機烤了烤兩根長牡丹（註10）的前端。兩根都點著後，我把其中一根交給千草。

前端的火延燒到火珠上，在黑暗中接連開出無數朵菌絲般的火花。歷經牡丹、松葉、柳、散菊等各種煙火型態後，火珠結束了自己的職責，輕輕落到地上，碰到從我們身上滴落的水，發出「嗤」一聲輕響。

我們就這麼一直默默點著煙火。在游泳池裡大玩一陣的疲勞，讓我們兩人話都變少了，但這不是那種會令人尷尬的沉默。

註10：線香煙火的一種，將一根根用紙包住火藥而成的煙火紮成一束，形狀也較細長。

當最後兩根煙火開始綻放火花，千草叫了我一聲「深町同學」。不知不覺間，我們又變回叫對方的姓氏。

「你現在在想初鹿野同學吧？」

我不否定，而是反問：「妳為什麼這麼想？」

千草嘻嘻一笑。「會是為什麼呢？不過，我不好的預感通常很準。」

我認命了，老實回答說：「荻上的直覺是對的。」

「你看，我猜中了吧？」千草用笑鬧的語氣這麼說。「說得再深入一點，不只是現在，今天你和我一起的時候，應該曾有好幾次想起初鹿野同學。」

「對，這妳也猜對了。」

「『如果我眼前的女孩不是荻上千草，而是初鹿野唯該有多好？』你是這麼想的，對吧？」

千草的煙火火珠在燒完之前就掉落，唐突地迎來結束。

「今天很謝謝你陪我做這些任性的事。」她不等我回答，又說道：「能和深町同學一起度過這一整天，讓我非常開心。」

我的煙火依然持續在綻放火花。

「可是，深町同學，如果有事情讓你掛心、有人讓你掛心，就請你不要管我，先去解決這些問題。你還放不下初鹿野同學吧？所以才會像這樣，明明眼前有個女生卻頻頻陷入沉思，不是嗎？」

她撿起已經完成任務的煙火，收進袋子裡，再把袋口綁死，慢慢站起來。

我們默默走向校門。我不知道該說些什麼。千草說的每一句話都是正確的，無論我說什麼，聽在她耳裡多半只覺得是藉口。

「……你應該還沒把能為她做的事情都做完吧？」千草忽然這麼說。「那麼，你就應該先把這些事情都做完。」

我們走出校門後，千草停下腳步朝我一鞠躬，像在告訴我說，送她到這裡就好。

「我今天真的很開心，謝謝你給我這麼美妙的一天。」

「我也很開心，今天是很棒的一天。」我好不容易才說出這句話。「謝謝妳。」

千草聽我這麼說，露出由衷喜悅的微笑。「深町同學，我們約定過，我要做奇怪的事情時要事先告訴你，對吧？」

「是啊。」

我不明白她說這句話的意圖何在，總之先點了點頭。

「那麼，我現在就要做一件有點奇怪的事情。」

我尚未回問，千草就整個人倒向我似地拉近彼此間的距離。她微微踮起腳尖，嘴唇輕輕往我脖子上一碰。

我感覺得到血液往上衝，臉立刻開始發燙。

「如果有任何我能幫忙的事，請你儘管跟我說。」千草在我耳邊輕聲細語。「哪怕會變成送鹽給敵人，但只要能幫上深町同學的忙，我就無所謂。等你把這些事情全都做完後，如果還對我有那麼一點點興趣——到時候，請隨時來找我，我會耐心等著。」

千草說完這幾句話，就逃跑似地離開了。我宛如稻草人般呆呆站在原地，目送她離開。即使已經看不到她的背影，我還是一直動彈不得。

直到這時候，我才懂得之前千草所說的「殘忍的事情」是什麼意思。那根本不是在說笑，我是在毫無自覺的狀況下對她做了很過分的事。

這個從意料之外的角度出現的新事實，讓我除了窘迫還是窘迫。雖然我早就猜到她對我頗有好感，但做夢也沒想到那是一種如此具體、對異性而生的好感。

我花了足足五根菸的時間，一直在腦子裡反覆想著千草的話。但至少現階段，我對她的心意還沒能那麼簡單就得出答案。

但我想到有一件事她說得非常有道理。

我並不是已把能做的事情都做完了，我的心中還留有小小的可能性。

我下意識地不斷去想這一點，卻又遲疑著不敢讓這個想法浮上意識。我害怕執行這件事的過程中自已必須背負的風險，所以故意把這件事排除在選擇之外。

我必須再度面對這個可能性，必須將這個躲在意識角落的選擇挖出來，讓它見光、從正面看向它。

千草說的就是這麼一回事。

這天晚上，我前往位於美渚一高旁邊的神社公園。

我一階一階踏穩腳步，沿著很長的石階往上爬，坐到了之前初鹿野所坐的鞦韆上。生鏽的鐵鍊尾端發出咿呀的聲響。初鹿野綁在鞦韆橫桿上的繩子已經被人解開，也說不定是她自己來收走的。

我在這裡想了一整晚。

我能做什麼？

初鹿野在尋求什麼？

當天空開始染上淡紫色，我得出一個結論。

*

即使是在門窗緊閉的房間裡仍然聽得見蟬鳴。耳熟的聲響中，摻進了直到昨天都還不曾聽見的寒蟬鳴聲。

我盤腿坐在自己房間的床上，茫然看著窗外的飛機雲。拖成直線的兩條白色直線，正好將被窗框裁切出來的長方形藍天分成兩等分。

過一會兒，當白天的蟬鳴聲中止，暮蟬開始合唱，我才總算下定決心起身。桌子上放著一把老舊又沉甸甸的不銹鋼熨斗。我把從供電用熨斗架延伸出來的插頭插上，把旋鈕轉到最大，等待熨斗加熱。

花了足夠的時間加熱後，我抓住熨斗柄，把熨斗面朝向自己。整排的蒸汽排氣孔讓我聯想到水果的種子，仔細想想，我以前從來沒有機會從下方仔細觀察熨斗。盯著這有如西瓜切片的不可思議形狀看了一會兒，額頭上的汗就順著瀏海滑落，發出清脆的聲響蒸發，冒起一縷輕煙。

房間裡染上淡淡的夕陽色彩。

以前我因為覆蓋半張臉的胎記所帶來的自卑感，一直認為自己沒有資格喜歡初鹿野。反過來說，也就表示只要沒有胎記，我就能得到受初鹿野喜歡的資格。

但這也許只是我單方面的誤會。四年前固然有可能真是如此，但至少就現階段而言，胎記消失這件事，從不曾有助於我與初鹿野之間關係的進展。不，豈止沒有幫助，胎記消失更成為妨礙我與初鹿野之間關係進展的要因。

我為了確定笠井那番話是真是假而去初鹿野家拜訪的那一天，她在拉上窗簾的房間裡，一再揉搓地撫摸我的臉，就好像是在尋求本來應該存在的胎記。搞不好初鹿野現在最需要的，不是溫言安慰她的人，而是有著同樣傷痛的同伴——我回顧那一天的光景，忽然有了這樣的念頭。

然後，往這方向一想，就覺得電話中那女人創造出來的這個狀況，在很多方面也說得通了。她說她已盡可能讓這場賭局公平，而我一直以為就現況而言，我的勝算實在太低，但說不定她說得沒錯，賭局真的很公平。也就是說，她有可能確實已為我這一方準備了獲得勝利的途徑。

起初我一直認為，胎記消失便去除我與初鹿野之間的障礙，但事實有沒有可能正好

相反？胎記消失，會不會讓我和初鹿野之間曾經存在的紅線也跟著消失？如果這場賭局的本質，不是在於我「能否透過去除障礙的方式，成就本來無法成就的戀情」，而是那女人「能否透過增加障礙的方式，讓本來不會挫敗的戀情挫敗」呢？

這場賭局給了我一張暫時沒有胎記的臉，只有主動放棄這張臉，我與初鹿野之間的關係才會有所進展——那女人故意營造出這種狀況。她是在考驗我，能不能為了心愛的女子，放棄已經得到的理想容貌。如果試著這樣去想，又會是如何呢？

假設這個想法正確，那麼，我就必須再度找回失去的醜陋。我必須對電話中的那女人證明，對我而言，沒有任何事物值得放在比初鹿野更優先的位置。

但說要找回胎記，如果只是跌打造成的傷痕，轉眼間就會痊癒。我需要的是會半永久留存的醜陋刻印。於是我想到的，是用熨斗烙印的方法。

在曾經有胎記的地方，製造出一大片燙傷。

如果這時候的我還剩下一點正常的判斷力，多半能夠站在客觀的立場，明白企圖透過用熨斗燒傷臉的方式來吸引初鹿野的注意，是多麼愚蠢的想法。但賭局剩下的期間之短，加上昨天千草帶給我的混亂，讓我的視野變得相當狹隘。說是錯亂也不為過，我被一種天真的想法給蒙蔽了，以為伴隨強烈疼痛的挑戰一定能夠得到回報。

汗水讓我握著熨斗的手變得滑溜，頻頻顫動。我想疼痛的高峰多半一瞬間就會過去，之後才是問題。要是太快做出冰敷之類的適切處置，好不容易弄出來的燙傷馬上會痊癒。如果要讓燙傷像以前那片胎記一樣，變成我不可分的一部分，就必須以最高溫度確實地燒灼臉頰，然後至少一個小時置之不理，不去冰敷燙傷。一想像那一個小時的情形，就讓我腿軟。

即使如此，我的決心仍未改變。雖然進展不快，但我已漸漸將自己融入燙傷臉頰的景象當中。當這種過程進展到某個階段，就會忽然把這一切都視為理所當然的情形而接受。或許也可以說，我是合理地發瘋了。

我閉上右眼，正要將已經加熱到足夠溫度的鐵板貼上去時……

電話響了。

要是鈴聲再晚個十分之一秒響起，我想熨斗應該已烙上我的臉頰。我在幾乎把眉毛燙捲的驚險距離停下手。

鈴聲是從位於一樓走廊的屋內電話發出的。雖然我無法斷定，但從這個時機與鈴聲的響法來判斷，多半就是找我參加這場賭局的那女人所打來的電話。

我把熨斗放回熨斗架上，跑下樓去接電話。

「喂？」

沒有回答。

換成是平常，她都會單方面說起自己要說的話，但這次話筒卻未傳出任何聲音。即使聽不見聲音，卻也不是沒有人在，我從電話另一頭確切感受到活人的聲息。這個人似乎一直不說話，在傾聽我的呼吸聲。

沉默持續良久，正當我等不及而準備開口時，話筒另一頭的人以就像ＣＤ播放完最後一個音軌十分鐘後，突然毫無預兆地播放出隱藏音軌那樣的唐突，出聲說了話。

『你……是誰？』

不是每次打電話來的那女人的嗓音，但這個嗓音我並不陌生。

一瞬間後，我的腦子裡填滿問號。

「初鹿野？」我問。「該不會是初鹿野吧？」

我聽得出對方倒抽一口氣。這個反應讓我確信打電話來的人就是初鹿野。

『你是怎麼……』疑似初鹿野的人說：『怎麼打電話來這裡？』

我重複想著這句話的意思。怎麼打電話來這裡？這個說法很奇妙。這豈不是說得像是我打電話給她嗎？

『回答我。』初鹿野說。『你怎麼知道我在這裡？你人在附近嗎？』

看樣子我們的認知之間有著某種致命的出入。我邊整理思緒，邊為必須弄個清楚的各個事項訂定出優先順序。

「初鹿野，妳冷靜下來，仔細聽我說。」我以安撫的語氣這麼說。「剛才妳不是問我『怎麼打電話來這裡』嗎？該不會說，妳沒打電話，只是接起電話吧？」

初鹿野的回應是一陣像是在思索的沉默，我把這種沉默假設成肯定的答覆，繼續說下去：

「我也一樣。我是待在自己家，聽到電話鈴響才接起電話，一接起來卻聽到初鹿野的聲音。對了，妳現在人在哪裡？不在家裡嗎？」

『……茶川車站。』

「茶川？」

『幾年前廢棄的鐵路上其中一個無人車站，簡單說就是陽介同學不知道的地方。』初鹿野說明得心不甘情不願。『我在這邊遊蕩，結果公共電話突然響起。我一接起來，就聽到你的聲音……現在到底是什麼情形？』

原因我當然知道，是那個找我參加賭局的女人搞出來的把戲。雖然我對她這麼做的

方法和目的都不清楚，但總之這種不合理的狀況能夠發生，唯一可以想見的原因就是她從中安排。

我不知道她為什麼會在這個時機做出這樣的安排，說不定是那女人看不下去我試圖為了初鹿野而找回自己的醜陋，才決定給我一個小小的機會。

但即使我把這些臆測說出來，肯定也只會加深初鹿野的混亂。我正思索著要如何卸下她的警戒心，初鹿野就說：『所以你也不知道原因嗎？』接著似乎就要掛斷電話。

「等一下，算我求妳，不要掛斷電話。」我懇求她。「一下子就好，請妳聽我說。妳不是快要轉學了嗎？有些事情我要在妳離開之前告訴妳。只要兩分鐘就好，妳也不用回答，只要願意聽我說就好。」

我沒得到回應，但她也沒有要掛斷電話的跡象。我鬆一口氣，靠著走廊的牆壁在原地坐下。從位於走廊盡頭的廁所小窗照射進來的夕陽，在另一邊的牆上照出我的影子。

「妳也知道，我臉上的胎記消失得無影無蹤。」我切入正題。「本來這胎記是治不好的。我找過很多位醫師，他們全都放棄了，還不約而同地說些『你只能和這片胎記一起活下去』之類的話。我臉上的胎記就是那種胎記……可是，就在短短一個月前，事情突然有了轉機。」

我說到這裡停頓了一會兒，仔細傾聽話筒另一頭傳來的聲音。還聽得見些微的雜音，電話並未被掛斷。

「要說清楚這整件事會非常費事，而且，我想不管我怎麼解釋，都不可能正確把我所經歷的種種告訴妳又不讓妳誤會。總之我遇見了一個人，請這個人幫我治好本來應該治不好的胎記——只是，我付出了莫大的代價來交換。再過一陣子，我就必須把一種再寶貴不過的東西交給這個人。當然，這是我憑自己的意志做出的行動，因而責任全都在我身上。」

我下意識地以右手摸著以前胎記所在的那一帶。

「可是——說來奇妙，坦白說，最近我已不再覺得自己的胎記有那麼不好。這胎記足足跟了我十六年，我也差不多漸漸開始接受胎記的存在，甚至對它有了感情。那麼，妳覺得我為什麼還不惜付出莫大的代價來去除胎記？」

我短短深呼吸一口氣，然後說：

「因為我希望初鹿野喜歡我。」

一說出這句話的瞬間，我感覺到四周的空氣微微多了些滋潤，飄出一種像是小小果實裂開的氣味。耳朵後面那一帶漸漸發燙起來，心臟脈動的速度加快。儘管初鹿野並不

在我眼前，我卻用沒拿著話筒的手遮住嘴邊，掩住發紅的臉。

「總之，只有這件事我說什麼也要告訴妳。」我加上這幾句話。「只是從妳的反應來看，我覺得只要沒有胎記就能讓妳喜歡上我，似乎只是一廂情願的想法。」

把想說的話都說完後，我閉上眼睛，窺探對方的反應。電話依然維持在通話狀態，但我聽不到任何聲響。說不定初鹿野並不是默默在聽我說話，只是沒把話筒掛回去，自己就先離開了——當這樣的不安開始從我腦海中抬頭時，我忽然聽到一道微微清了清嗓子的聲音。

『你聽得見嗎？』她問。『你還在嗎？』

我立刻回答。「在電話掛斷之前，我會一直在這裡。不管要等多久。」

『這樣啊。』

一陣像是思索的沉默過後——

『我不懂。』初鹿野以蘊含著不解的聲音說。『我一直以為，陽介同學是憐憫現在的我才會對我那麼殷勤，一直以為你只是在同情和過去的你面臨同樣問題的我。』

「我才不是那麼偉大的人。」

『嗯，真的是這樣呢。』

她的聲調並未改變，但我腦海中浮現初鹿野在話筒的另一端忽然露出微笑的模樣。

『……老實說，我到現在還是喜歡你這種個性。』初鹿野認命似地這麼說。『我並不是討厭你了。至於我為什麼討厭待在你身邊，這全是我個人的問題。』

「個人的問題？」

『看著陽介同學，讓我嫉妒得發瘋。』初鹿野彷彿覺得自己可恥似地淺淺嘆一口氣。『我不是指我羨慕你的胎記治好了，我想說的是，你是個堅強的人，能夠接受胎記活下去；而我是個軟弱的人，沒辦法接受胎記，不到半年就沉淪到底。傷我最重的不是別人，就是這件事實。我若待在你身邊，永遠會被迫察覺到自己有多麼軟弱。我就是討厭這樣，才想跟你保持距離。』

初鹿野說到這裡沉默了幾秒鐘，我彷彿看得到她緊閉雙唇，用指尖揉搓著自己臉上胎記的模樣。

『現在，這個胎記已經不是什麼大問題。我這種只因為一個胎記就毀掉自己人生的軟弱才是問題。看著現在的你，讓我感到撕心裂肺的痛楚，因為自己實在太悲慘。』

這時我插嘴說：

「首先，我想初鹿野誤會我了。如果我看起來像是接受了胎記活下去，那只是誤

會。其實我無時無刻不受到自卑感折磨。每次看到自己映在鏡子上的臉，就覺得要是可以投胎轉世重新來過，那該有多好。」

我把話筒換到左手，右手把玩著電話捲線。

「我不是靠自己一個人的力量克服的。對當時的我來說，妳一直是我心靈的一大支柱。因為妳接受了我，我才有心思接受自己的胎記。以前我一直覺得臉上的胎記髒得不得了，是從妳碰觸過的那一瞬間起，我才覺得那只不過是一片變色的皮膚。對我來說，初鹿野唯這個女生就是如此重大。」

『……看起來一點都不像是這樣。』初鹿野的語氣顯得懷疑。

「也難怪妳會這麼想。因為我在妳面前，一直盡力裝出一副冷漠的態度。」

『為什麼？』

「因為我不想承認自己的內心深處，強烈渴望著和別人交流。而且，我更害怕自己對妳的暗戀之情，被妳本人或旁人看出來。我覺得有人會嘲笑我說：『你以為像你這樣的人，有資格喜歡初鹿野唯嗎？』所以我和妳在一起的時候，都極力裝出一副滿不在乎的表情。」

沒錯，對我來說，深町陽介不能喜歡上特定某個女生。他必須是一個不會喜歡上任

何人，也不會被任何人喜歡，獨自照自己的步調活下去的人。

「可是我一旦和妳分開、回到家後，就會一次又一次在腦子裡反芻那一天我們兩人之間的對話，烙印在記憶當中。如果當天發生了特別開心的事，我還會特地寫到日記裡，日後再回頭來看。這樣聽起來多半很傻，但當時的我，就是透過這麼做，才好不容易撐過那段差點被自卑感壓垮的日子。我們上了國中後分隔兩地，但每次遇到難過的事情，和妳一起度過的那些日子所留下的回憶，仍是我的心靈支柱。要不是認識了妳，我想我打腫臉充胖子的情形遲早會撐不下去吧。」

過一會兒，初鹿野說：

『……原來你是這樣想的啊。』

這時，我聽到話筒另一頭傳來一種像是警報的小小聲響。

「什麼聲音？」我問。

『電話的警告音，我想應該是告知硬幣快要用完的聲音。』她回答。『這通電話也許快要結束了。』

「喔，是這麼回事啊？」

雖然覺得依依不捨，但我想告訴她的事情都說了。

「謝謝妳沒有掛我電話。能和妳說到話，我很開心。」我對她道謝。

緊接著，電話掛斷了。

通話結束後，我仍然一直待在電話機前不動。

我就和那個時候一樣，沉浸在與初鹿野談話的餘韻中，久久不能自已。

接下集《那年夏天，我撥去的電話》

國家圖書館出版品預行編目資料

那年夏天，妳打來的電話 / 三秋縋作；邱鍾仁譯 .
-- 初版 . -- 臺北市：臺灣角川，2016.02
面；　公分 . --（角川輕 . 文學）

譯自：君が電話をかけていた場所
ISBN 978-986-366-960-9(平裝）

861.57　　104026642

那年夏天，妳打來的電話

原著名＊君が電話をかけていた場所

作　　者＊三秋 縋
插　　畫＊usi
譯　　者＊邱鍾仁

2016 年 2 月 4 日　初版第 1 刷發行
2021 年 9 月 22 日　初版第 6 刷發行

發 行 人＊岩崎剛人
總 編 輯＊呂慧君
主　　編＊李維莉
美術設計＊吳佳昫
印　　務＊李明修（主任）、張加恩（主任）、張凱棋

台灣角川

發 行 所＊台灣角川股份有限公司
地　　址＊104 台北市中山區松江路 223 號 3 樓
電　　話＊（02）2515-3000
傳　　真＊（02）2515-0033
網　　址＊www.kadokawa.com.tw
劃撥帳戶＊台灣角川股份有限公司
劃撥帳號＊19487412
法律顧問＊有澤法律事務所
製　　版＊尚騰印刷事業有限公司
I S B N＊978-986-366-960-9

那年夏天，妳打來的電話

目錄

那年夏天，我撥去的電話

目錄

那年夏天，
妳打來的電話
三秋縋
插畫／usi